ファイナルガール

JN178594

角川文庫
20162

目次

大自然

待ち合わせはちょうど零時。携帯電話は取り上げられている。「ここは圏外です」と言って、指導員が集めて回った。代わりに、私たち全員に、懐中電灯がひとつずつ与えられた。懐中電灯は、携帯電話よりずっと大きくて重い。光るだけなのに。

私は、複数の寝息のなかから、右隣で眠っている妹のものにだけ耳を澄ます。タイミングを見計らい、呼気に合わせてタオルケットから右、左と腕を出す。左手には腕時計を握っている。妹はめざとい。この子の目の前で、これを手首に巻いたまま横になるのは難しかった。だから、パジャマ代わりに穿《は》いているハーフカーゴパンツのポケットに隠しておいた。私はそれを着け、文字盤の側面についているボタンを押す。デジタル表示の数字が緑色に光る。十一時五十四分。やっぱり懐中電灯は要らない。

私は妹の気配をうかがいながら、ゆっくりと寝返りを打つ。うつぶせになる。タオルケットから抜け出すために、匍匐《ほふく》前進をはじめる。枕元に転がっている懐中電灯を無視し、私は先へ進む。床はビーズクッションで、肘《ひじ》を押しつけるたびにぐっと沈む。髪の毛が肩からこぼれ、腕をくすぐる。

私がいるのはテントのなかだ。高さ五十センチ、直径約三メートル――と指導員が説明した――の円形のビーズクッションを、天井から吊《つ》り下げられた布が覆っているだけの白い円錐《えんすい》形のテント。

出入り口はただの布の切れ目で、そこに手をかけながら、ちょっとうしろを振り返ってみる。五つ並んだ枕のうち、真ん中のもの以外にはきちんと頭が載っている。私の位置から見えるのは、丸い頭頂部だ。暗闇のなかで、それらは底のない穴みたいに黒い。反対に、私の抜けた空間は妙に広々として、薄ぼんやりと明るくさえ見える。妹の寝息は乱れない。ほかの子たちの寝息も。私は向き直ってテントの外へ頭を出す。少し先に、まったく同じテントがもうひとつ、ほの白く浮かび上がっている。人影はない。私は転がり落ちないよう慎重に身を乗り出し、芝生にてのひらをつく。そして静かに下半身を引きずり出す。

芝生に降り立ってしゃがみ込む。ポケットから、手鏡とプラスチックの折りたたみコームを取り出す。あたりは懐中電灯なしで歩き回れないほど暗くはないけれど、さすがに手鏡を見るには暗すぎる。でも、いい。鏡なしでも髪を梳《と》かすことはできる。梳かしながら、真上を見上げる。星が細かに光っている。三時間ほど前、指導員がレーザーポインターでいくつかの星をつなぎ、星座を教えてくれた。でもひとりでは、はくちょう座もヘルクレス座も見つけることができない。私はくちびるにリップクリームを塗り、立ち上がる。

私は裸足《はだし》で芝生を踏み歩く。靴下はポケットのなかに用意しているけど、芝生の上では裸足でいることに決まっている。指導員がそう言った。靴下を穿いていると滑って危険だからだ。それに、こうも言った。

「裸足だと、冷たくてしんなりして気持ちいいでしょう。どうですか」

たしかにそのとおりだった。子どもたちは、頷《うなず》いたり声を上げたりして指導員に応《こた》えた。私はそんなふうにはしない。指導員から目を逸《そ》らして、くちびるをにゅっとひきつらせてちょっとだけ、笑った。それを、妹がじっと見上げていた。「なに」と聞くと、あの子は、私の真似をしてくちびるを歪《ゆが》めた。妹は七歳だ。私は十四歳。このキャンプの参加者のなかの、最年少と最年長。同じ十四歳の最年長が、もう一人いる。私と同じ中学校に通う男子だ、内緒だけど。私とその男子を除くと、あとはみんな小学生で、だから妹は誰かの真似をするのなら、そっちの真似をすればいいのにと思う。

そのうちに、私たち最年長二人と妹以外の子どもがみんな、飛んだり跳ねたり、寝転がったりしはじめた。指導員がそうするように呼びかけたのだった。

「ただし、絶対に芝生をむしらないでくださいね」指導員は注意しながら、自分もジャンプして見せた。その人は、白いクロップドパンツを穿いていたが、お尻《しり》よりも太《ふと》股《もも》がでっぱっているせいであまり似合っていなかった。

私は「ほら、あんたも寝転がったら」と妹を小突いた。「やだ」と妹は言った。それで、私は「じゃお姉ちゃんは寝転がろっと」と言って本当に寝転がった。むっとして私をにらむ妹の顔と、少し離れたところで苦笑している同級生の男子と、つやつやの葉っぱをつけた枝々、ベビーブルーの空が見えた。私は自分の身体が細く見えるように腰をねじり、揃えて曲げた膝《ひざ》を倒した。

今は夜だから星空だけど、明日《あした》の朝にはまたきっとベビーブルーの空だ。冬になったら、ああいう色のセーターが欲しい。タートルネックで、半袖《はんそで》で、モヘアだといい。私が今、着ているのは、ピンクの迷彩柄Tシャツだ。ハーフパンツはカーキ。目指すスニーカーは、ナイキの白。芝生が足音を消してくれるから、私はあまり神経質にならずに進む。本当の芝生と違って、足の裏がちくちくすることもないし、草の汁がついたりもしない。どこかに石ころが転がっていたりして、怪我をする心配もない。おかしな虫にも刺されない。

「大いなる自然です」と、指導員は言った。

芝生で遊んだあと、といっても、飛んだり跳ねたり寝転がったりする以外、遊びようがないのだけれど、とにかくその時間が終わったあと、指導員は学校の先生みたいに私たちを体育座りさせて、「ここにあるのは、大いなる自然です」と演説をはじめた。ついでに言うと、指導員と名乗るのは今日だけで、本当の職名ではないらしい。「美術館で作品研究・普及にたずさわる人のことを、学芸員と言います」と、その人は自己紹介した。

そう、ここは美術館だ。本物のキャンプ場じゃない。山や郊外ですらない。オフィス街だ。みっしりとビルの生えそろったオフィス街。この美術館も、ビルのなかにある。十二階と十三階の二フロアがそうで、一階はオーガニックカフェ、あとの階にはだいたい会社が入っている。ここの専門は現代アートで、よく海外の新人作家の個展を開催しているという。そして今、展示されている作品が、このアウトドアだ。間仕切りを全部取り外して、床一面にびっしりと敷き詰められた芝生。壁際では、壁を隠すようにして木々が密に繋っている。そんな具合に、森のなかにぽつんと開けた空き地が演出されている。真ん中には、テントが二つ。それだけ。十二階も十三階もまったく同じ仕様で、下に男子が泊まり、上に女子が泊まることになっていた。

たまに鳥の声がするけれど、鳥なんていないことは分かっていた。水の音もするけど、もちろん川もない。キャンプファイヤーもできない。ここは、シンプルすぎる。

でも、妹にはちょうどいいのだと思う。あの子はどういうわけか本物の山も海も大嫌いで、小学校の遠足にすら行きたがらない。「だってきもちわるいんだもん」と妹は主張する。何がきもちわるいのかはわからない。尋ねても、「だって」しか返ってこない。きっと本人にもわからないのだろう。このキャンプは、妹のそういうところと、それからおとなしすぎるのを心配した母親が勝手に申し込んだ。夜の八時から翌朝八時までの、ほとんど寝泊まりするためだけのキャンプだ。妹は、お姉ちゃんも一緒じゃなきゃ行かない、と泣いた。泣きに泣いた。どこがおとなしいものか。私も泣きたかった。でも、妹ほどにはうまく泣けなかった。

ここの芝生は、ゴムでできている。木の幹や枝は紙と染料。葉っぱは、薄く削り出した樹皮でひとつひとつつくったものを、またひとつひとつ取り付けたらしい。なにもかも、とてもにせものとは思えない。見た目もそうだし、幹なんか紙なのにこぶしで叩《たた》いてもびくともしないし、触ってみると石を撫《な》でているみたいな感触なのも本物にそっくりで、「でも水気は厳禁です」と指導員は笑う。

「それでも、ここにあるのは自然なのです。そのことを、みなさんに説明しましょう」演説は、こう続く。

「芸術は人工物です。人工物に対して、自然がある。ふつう、私たちはそのように考えがちです。でも、よく考えてみてください。人工物、芸術をつくるのは、私たち人間ですよね。人間って、なんですか？　そう、動物です。動物は、自然の一部です。つまり、私たち自身の肉体もまた、自然なのです。

さて、芸術作品をつくるとき、手や目といった肉体のほかに必要なものはなんだと思いますか？　そう、こころです。では、こころというものは、人工物ですか、自然ですか。どっちだと思いますか？　そうですね、自然ですね。この作品をつくった芸術家も、そのように考えました。それで、肉体という自然を使って、こころという自然を思いのままに表現したものが芸術作品なのだから、芸術作品はどれも例外なしに大自然なのである、と考えたのです。

そして、その大自然が、みなさんにとって居心地のいい自然環境となるようにと願いを込めてつくった作品が、このキャンプ地だというわけです」

私は妹に、「わかった？」と耳打ちした。妹は神妙な顔をしてうなずいた。

「へえ、すごい」私はわざと目を見開いた。「お姉ちゃん、ぜんぜんわかんなかった。じゃ、あとでお姉ちゃんに説明してね、わかりやすく」妹はうなずかなかった。頬が少し赤くなっただけだった。あとになっても、ちっとも説明してくれなかった。

スニーカーは、展示室の入り口に並んでいる。芝生はそこまでで、外の通路はリノリウム。私はくるぶしまでの小さな靴下を穿き、自分のスニーカーを探す。そして、玄関から外に出るのと同じようにして、大自然からビルの通路に出る。左へ行くと、トイレだ。リノリウムに、薄いオレンジ色の光がこぼれている。そのさらに先はエレベーターで、行き止まり。私は右へ進む。光に背を向けると、闇がどろんと濃くなったような気がする。後頭部で、眠気が急速に育つような感触もある。見上げても星はない。私が目指しているのは、ここ十三階と十二階をつなぐ階段で、そのなかほどにある踊り場が待ち合わせ場所だ。寝る直前に、やっとその段取りがついた。トイレで顔を洗ったとき、妹がTシャツの胸のあたりをずくずくに濡《ぬ》らしてしまったのが幸いだった。私は、壁に取り付けてある温風のエアータオルの前に妹を連れて行った。Tシャツを引っ張れるだけ引っ張って温風に当てるよう言い聞かせ、完全に乾くまで絶対に中断してはいけないと厳命してトイレを出た。そして、階段を駆け下りて十二階を覗《のぞ》き、彼を手招きして素早く約束を取り付けたのだった。

階段へ続く通路には、ひとつだけ角がある。そこを曲がると、前方に、細かな光の粒の散らばりがあらわれた。豆電球の星じゃない。階段の壁は、ガラス張りになっているから、ビル街の灯《あか》りが見えているのだ。ガラスに顔を寄せて下を見ると、道路に連なる車の灯り、コンビニやそのほかのお店の灯り、工事の灯りなんかがうじゃうじゃしている。

降りていくと、彼はもう踊り場にいた。リノリウムに座り込んでガラスに背をつけている。私に気付き、懐中電灯をかちかちと光らせた。私は腕時計を見た。十一時五十八分だった。私は彼のとなりに座った。でも、ガラスに背中はつけなかった。だって、そんな座り方をしたら、見えるのは真っ暗闇のなかの手すりばかりになってしまう。私は、ガラス張りのほうを向いて三角座りをした。爪先《つまさき》をぐっとガラスに押しつける。アキレス腱《けん》が伸びる。

「見事に小学生ばっかりだったな」と彼が言った。彼の顔はすぐ前にあるけれど、ほとんど真っ黒に見える。私は彼の顔ではなくて、うしろの、ガラスの向こうの灯りに視線をずらす。「でもまあ、同じ中学の知り合いがいなくてよかった」

「うん」私は答える。夏休みに入る少し前、こんど妹のお守りをさせられるんだ、と愚痴をこぼしたら、彼は、じゃ俺もそれ参加するよ、どうせ暇だし、と気楽そうに言ったのだった。私は彼が好きだったけど、本当にひとりで申し込んでくれたのを知って、もっと好きになった。

「妹にばれてない?」

「ばれてない、大丈夫」

ガラスの向こうの灯りは、だいたいが赤い粒、黄色い粒、白い粒だ。たまに、青や緑がちらつく。下のほうでは光る粒々が並んで流れていく。糸を通したビーズのつらなりを誰かがつつう、と引っ張っているみたいだ。ガラスには自分の顔も映っている。ちょっと顔を傾けてみると、右のこめかみから頬骨、顎《あご》にかけて、いたるところで粒々の明滅があり、まるで人工皮膚を剝《は》がされたアンドロイドだった。私がそう言うと、彼も私と同じ向きに座り直した。そして、しばらくのあいだ、私たちは立ち上がったり中腰になったりしていろいろなところに顔を映し、声を殺して笑った。

でも、彼はすぐに飽きたみたいだった。急に静かになった彼を見て、私も、自分が少し飽きていることに気付いた。少しのあいだ、沈黙があった。妙に気が急《せ》いた。彼はなんで黙っているのだろう、なにか、なんでもいいから話をしなくては。

「深海魚」ぽんっと言葉が飛び出した。深海魚。最近、テレビで観たのだ。私はそのまま、話を引きずり出した。

「身体が透けてるのもいるし、パチンコ屋さんみたいに派手に光るのもいるし、びっくりするぐらい凶悪な顔をしてるのもいて、妹なんか、ほらやっぱりだ、やっぱり海はいやだ、あんなのが底のほうにいるんなら、私はお母さんやお父さんが一緒でも、泳がなくてもいいって言っても、もう絶対に海には行かない、一生行かないって宣言して」

話しながら、どうして深海魚の話なんかしているのだろうと思う。わからない。でも、ほかになにも見つからないから、しかたがない。それに、これは笑える話なのだからまあいいだろうという気もする。私は立ったまま前のめりになり、額をガラスにくっつけてみた。つめたい。

「なのにね、あの子、自分が怖がってるってことは否定するんだよ。別に怖くないもんって言うの。ただ嫌いなだけなんだって。だからさあ、私、深海魚って、深海にいるとは限らないんだよおっておどかしたの。たいていは深海にいるから深海魚って名前がついてるけど、暗い水のなかなら、どこでも生きて、繁殖して、泳ぎ回るんだよお、たとえば、電気さえ消しておけば、お風呂《ふろ》にだって来ちゃうよおって」

「信じた?」彼が隣に並んだ。私と同じように額をガラスにとん、とくっつける。私たちの背丈は、あまり変わらない。私は横目で彼を見る。じっと前を向いている彼のぬるっとした白目を、頬骨のところにひとつ水疱瘡《みずぼうそう》のあとが残って少し凹《へこ》んでいるのを、口元のガラスが少し曇っているのを見て、また小さな人工灯の群れに目を戻す。

「信じてないもんって怒ってた。でもね、次の次の日だったかなあ、あの子がお風呂入ってるとき、お父さんが間違えてお風呂の電気切っちゃってさあ、そしたらあの子、ぎゃあぎゃあ泣きわめきながら素っ裸で飛び出してきて」

そのとき妹は、深海魚が出る、深海魚が出る、と叫んでいた。お母さんにすがって泣く妹の白いお尻《しり》のすぐ隣で、私は窒息して死ぬんじゃないかと思うくらい、笑った。笑いすぎて、涙がひとすじ流れ、声が少し嗄《しわが》れ、腹筋に鈍い痛みが残った。

私はそのときと同じ笑いが、私を襲うだろうと身構えた。もうじきに、あとほんの数秒で、私は彼といっしょに床につっぷし、声を上げる代わりに全身を痙攣《けいれん》させて笑うだろうと思った。でも、話を続ける私の声は、妹の寝息みたいに安らかだった。私は、笑っていなかった。私は真剣な顔をして街の灯りを見ていた。テレビのなかの深海を見るみたいにして、夜の街を見ていた。「大自然です」という指導員の声がよみがえる。耳の奥でぷつぷつと新芽が吹き出すような感触だ。

突然、肩に手がかかり、くちびるにべちゃっとした、つめたいものが当たった。咄《とっ》嗟《さ》に、あ、うそ、きもちわる、と思った。

それからあとは、私たちにはなにも話すことがなくなってしまった。私たちは手をつなぎ、静かに、呼吸の音さえ押し殺して、暗闇に泡立つまぶしい粒々に見入った。もう焦燥感はない、このぶんならたぶんどれだけでも黙っていられる。私は考える——もしここに深海魚を連れてきて、そっと放ったとしたら。きっと魚たちは、戸惑いもせず、平然としてびかびか光り、ぬるぬると泳いでいってしまうだろう。そしてすぐに街の灯りに混じってわからなくなるだろう。つまり、あれらの灯《ひ》は深海魚で、ここは深海だったのだ。となると、うしろの森で眠る子らも、べちゃっとしたつめたい私たちも、みんな深海魚でないはずがない。そう教えてやったら、妹はまた泣くだろうか。

去勢

どこで見初められたのか見当もつかないが、私にはもう何年もストーカーがついている。

最初の接触は十七歳の夏だ。たしか午後十時くらいだった。同級生の漕《こ》ぐ自転車で家の前に帰り着いた瞬間に、びるびるとものすごい音が鳴った。私は荷台から飛び降りてリュックを探った。防犯ブザーの誤作動としか考えつかなかったのだ。私はてのひらでぎゅっと握りしめることができるくらいのサイズの、防犯ブザーの仕込まれた熊のぬいぐるみをいつも持ち歩いていた。頭頂部にボールチェーンが通してあって、かばんにも付けられるし、やろうと思えば携帯電話に吊《つ》るすこともできる。あのころ、同じ熊の防犯ブザーを持っていない女子は、クラスでは一部の暗い子たちだけだったと思う。

私は参考書の下敷きになっていた熊をひっぱりだした。栗色の毛が額のあたりだけぺたっとなっていたが、まだ買ってそう日は経っていなかったので、人差し指で一撫《な》でするとすぐ元どおりになった。毛並みは品よく輝き、糸で縫い取られた口は微笑んでいた。それまでその熊を防犯ブザーとして役立てたことがなかったので、どうやったら音を止めることができるのかさっぱりわからなかった。とりあえず、親指でお腹をぐっと押してみた。

「携帯じゃない？」と同級生が言った。

そんなはずはなかった。着信音として設定しているのは、わざわざお金を払ってダウンロードした人気アイドルの歌だったし、だいいちマナーモードにしていた。でも、デニム地のミニスカートのポケットから取り出してみると、びるびるという音はますます苛烈《かれつ》に鳴り響いた。私は着信表示を見もせずにあわてて通話ボタンを押し、耳に当てた。母かと思ったのだ。

「ごめん、もう家の前だから」と私は言った。

「知ってます」電話の向こうからは、細い落ち着いた声が返ってきた。「おかえりなさい。おめでとう。よかったですね」

私は黙った。声は女性のように高かったが、男性だとわかった。機械を使って変えた声だ。ちょっとだけざらついていて、やさしげで、湿っている。私は苔《こけ》の手触りを思い出した。子どものころ、そこらに這《は》いつくばって近所中の苔を剝《は》がしてまわったのだ。

「お母さん？」と同級生が呼気だけの声を出した。通話はもう切れていた。

「ちがった」

「誰？」

「わかんない。間違い電話かな」

同級生は身をかがめ、さっと私にキスをした。私は笑った。

家に入るとすぐに弟をつかまえて私の携帯電話に電話するように命じた。仁王立ちになった私の前で、弟は不審げに固定電話の受話器を取り上げた。手のなかで、携帯電話がおとなしく震えだした。やはりマナーモードは解除されていなかった。念のため、着信音も確認したが、そちらも人気アイドルの歌にまちがいなかった。母がお風呂から出てきて「今帰ってきたところ？」と尋ねた。

「ううん、三十分くらい前」と私は答えた。弟は斜め下を見た。父はソファでうたた寝をしていた。

部屋に上がって、着信履歴の一番上にある「非通知」の文字を眺める。その後、何年にもわたって私の携帯電話を満たすことになる文字だ。

間違い電話でないのは、はじめから承知だった。私が家の前にいるのを知っていると主張したことは、看過してよい。私のほうから「家の前にいる」と言ったのだから、相手はただ同意したに過ぎない。問題は、「おめでとう。よかったですね」だ。

私はその日、予備校の集中講義のあと、同級生の家に立ち寄った。彼が、今夜は法事で家中留守にしていると言ったからだ。私は誘いに応じ、でもふだんより極端に遅くなるようでは親に怪しまれるので、三十分だけ滞在することにして、急いでパンツを下ろした。それまでにも何度か試みたことはあったけれど、それが事実上の私のちゃんとした初体験となった。

私はベッドに寝転んで汚れたパンツを脱ぎながら、別の同級生に電話をした。彼女はすぐ出た。待ちかまえていたのだ。

「どうだった？」と彼女は言った。

「うん、あのさ、里奈《りな》、今日私がしょうちゃんの家に行くかもってこと、誰かに言った？」

「えっ？　言ってないけど？」

実際がどうであれ、里奈が私に差し出すことのできる回答は、これ以外にはなかった。それに、私は別に里奈を疑っていたのではなかった。また、里奈が私に嘘をついていたとしても、さしたる怒りも悲しみも湧かないのはよくわかっていた。私たちは信頼しあっていたが、その信頼はぺらぺらで折り皺《じわ》や破れ目だらけの、かわいい模様が印刷された包装紙みたいなもので、だからこそ私たちはお互いよりも、お互いのあいだにある信頼そのものが大好きだったのだ。

意味のない質問をしたことを謝り、すべて首尾よく済ませたことを報告すると、里奈は言った。

「おめでとう！　よかったね」

不審な電話のことは黙っておいた。パンツは汗で冷たく湿っていた。里奈と話しながら、さっきすぐ隣にいた恋人に、間違い電話などと口からでまかせを言ったのはどうしてだろうと考えた。それから、また苔のことを思い出した。苔のざらつきとなめらかさと、つやのある暗緑色。私は剥がした苔をベッドの上で並べた。シーツいっぱいに敷き詰めるつもりだったが、一日の作業では枕ほどの面積も覆うことはできなかった。白いシーツに土がこぼれ、苔の茎葉体から微細な虫が這い出した。指先で追うと、虫の小ささにではなく、自分の指の巨大さに気が遠くなった。

私の苔は、乾いてぱさぱさになる前に、母によって撤去された。母はなにか大声で叫びながら私を抱き上げてベッドから下ろし、シーツごと取り去って部屋を小走りで出て行ってしまった。だから記憶のなかの苔は、いつも剥がされたばかりのじっとりと水気を帯びた苔だ。表面は冷たく静かなのに、内部では激しく発熱しているような不穏な気配があった。

右手に脱いだパンツが、左手に携帯電話があった。パンツは冷たく、携帯電話は熱かった。しかし、どちらの温度もあの苔とは質が違った。それらは不潔で、健康を損ねかねない冷たさであり、熱さだった。私は二つとも手放し、自由になった両手を自分の太ももに押しつけた。撫でまわすと、エアコンのせいで冷え切った肌にてのひらの汗が残り、そこからみるみる熱が奪われてさらに冷えていった。

「お姉ちゃーん、お風呂《ふろ》！　早く入りなさい」一階下から母が呼んだ。それで、私は自分がとうとしていたことに気がついた。Tシャツ一枚の姿で起きあがり、脱ぎ捨てたパンツを探す。パンツはなかなか見つからなかった。ぐちゃぐちゃになった布団を持ち上げると、携帯電話と熊の防犯ブザーが転がり落ちた。

摑《つか》み上げ、丁寧に胸に抱いて鼻先にくっついた陰毛を払ってやる。毛並みを撫でてから、足で床のリュックをどかした。パンツは、その下でぺしゃんこになっていた。

二度目の接触は、同じ年の暮れだった。私が同級生と別れた日だ。私と同級生は、おのおの自分たちの体がどのような仕組みであるのかを探求するために共犯関係を結んでいたようなものだったので、ひととおりのことを試したと思われる段階で別れを選ぶのは、たいへん自然なことだった。

私は悲しかった。彼も泣いた。私と彼の志望する大学が地理的にまったくかけ離れている、そしてどちらも相手に合わせることができない、というのが私たちの表向きの理由だった。もちろん、そんなことはつきあう前から知っていたことだった。

ニットキャップで眉《まゆ》を隠し、マフラーを鼻まで押し上げて歩いた。いちばん隠したいのは赤く腫《は》れた目だったけど、それればかりはどうしようもなかった。冬でもサングラスが流行していれば、なんとかなったかもしれないけど。歩いているうちに、雪がちらついた。かばんの持ち手にぶらさげた熊の防犯ブザーに、雪が落ちてすぐに水滴の玉になった。

コートのポケットから、携帯電話を出した。別の、女の子の同級生に電話をするつもりだった。このころ、何かがあったときに真っ先に電話する相手はもう里奈じゃなかった。私は手袋をしたままボタンをぷちぷちと押して玲《れい》ちゃんの番号を表示させた。

その途端、着信音が鳴り響いた。二週間くらい前にまたわざわざお金を払ってダウンロードしたばかりの、人気アイドルの新曲だ。液晶画面には、虫の糞《ふん》みたいな粒が「非通知」の形で並んでいた。私は鼻水をすすり上げながら、ニットキャップをずらして携帯電話を耳に当てた。

ストーカーは、「残念だったね。でもぼくはうれしい」と言った。やはり機械ごしだったが、ゆっくりとした、リラックスした調子だった。それだけ言って私の返事を待たずに彼は通話を切った。

画面が変わって、さっき出した玲ちゃんの番号がまた表示された。私は発信ボタンを押した。玲ちゃんの声を聞くと、嗚咽《おえつ》がこみ上げてきてなかなか話ができなかった。私はやっとのことで、「わ、別れた、今、しょうちゃんと」と言った。玲ちゃんは、「えー、うそうそ、なんで？　どっちから？」と言った。

ストーカーは、センター試験の朝にも電話をかけてきた。

「受験票は持ちましたか？　応援してるよ」

二次試験の朝にも電話があった。

「受験票は持ったね？　きっとうまくいきます」

合否は、ストーカーが教えてくれた。通知が届く二時間も前だった。

「一足先にK市で待ってるよ」

K市は、私の合格した大学のある街だ。

私は、ストーカーのことを誰にも言わなかった。親にも言わなかった。

卒業式の日、玲ちゃんは「さみしいよう」と私に抱きついて泣いた。里奈も、そのほかの同級生たちも私の肩を、首を、二の腕を、腰を抱きしめた。私は全員を抱き返し、写真を撮り、泣いたり笑ったりした。どの写真も、気に入らないなんてことはなかった。泣いて目が細くなって、口がへの字に曲がり、真っ赤な顔で写っているものでさえ。だってそれらの写真は、私が友達に囲まれ楽しく充実した高校生活を送ったという、動かしがたい証拠であるからだ。なかでも、みんなでおそろいの熊の防犯ブザーを手にしてポーズをとった写真は、しばらく私の携帯電話の待ち受け画面になった。

家に帰ると、母がとつぜん私の手を握り、「お母さんさみしい」と言ってぶらぶら振った。母に手を握られたまま、「あんたも?」と弟に聞くと、弟は「なにが?」とせせら笑って二階へ上がっていった。

実のところ、私も弟と同じで、ちっともさみしくなどなかった。新しい土地で新しい友達や恋人をつくること、トイレもお風呂もすべて自分だけの部屋を持つことばかり考えていた。それに、私にはストーカーがいた。

「K市は住みやすい街だよ」と彼は言った。

「きみの気に入るようなおしゃれなカフェがいくつもあるしね」

私は彼を多少薄気味悪く思わないでもなかったが、脅威とは感じなかった。むしろ、軽んじていた。それは彼の機械を通した声が中性的であるせいだった。男のくせに、声を変えるなんてだらしない。しかし同時に、心安らぐ声でもあった。もし彼が低く生々しい男の声と息遣いで電話をしてくるのなら、私は即座に両親に泣きつき、両親は警察に通報していただろう。私は、K市でひとりになっても、ストーカーが私の前には決して姿を現さないだろうと信じ込んでいた。それどころか、あの声のせいでストーカーには生身の肉体さえないような気がしていたし、あったとしても薄くてひ弱で、私の息のひと吹きでしなしなと膝《ひざ》をつくような、苔《こけ》と同じくらい無害な体だと思っていた。その上、私には熊の防犯ブザーがあった。ひっくり返してお尻《しり》についている小さな丸い尻尾《しっぽ》をつまみ、引っ張れば、甲高い警告音を発して私を守ってくれる。

少しずつ荷造りをはじめた。家族みんなでK市に旅行し（「きみが来るのを楽しみにしています」とストーカーは言った）、大学を見て回り、ワンルームマンションを契約した（「いい場所を選んだね。あそこは便利ですよ」）。母とふたりで何度も出かけ、服や小物や家具を買ってもらった（「白のチュールスカート、よく似合ってた。かわいいね」）。元同級生たちともよく遊んだ。そのうちの一人が、いなかのおばあちゃんの家に来ないかと誘ってくれたので、五、六人で連れ立って一泊した（「メンバーが女の子ばっかりで安心したよ」）。いなかと言っても、私たちが住んでいる土地とあまり様子の変わらないところだった。私たちは地元でいつもやるように大型ショッピングセンターへ行ってアイスクリームを食べ、ゲームコーナーでゲームをし、ファッション誌を数種類買い、カラオケを済ませてから「おばあちゃんの家」で夜通しだらだらと話をした。

「さいきん、橘《たちばな》みかってかわいくない？」と誰かが言った。

橘みかは私たちと同年代のタレントで、そのとき買ったファッション誌の表紙はすべて彼女が飾っていた。そして、すべての雑誌が筆頭で「春に向けてイメチェン」を謳《うた》い、ヘアスタイルを一新することを推奨していた。橘みかは、春からはじまるドラマのために長かった髪を三十センチも切り落とし、「大胆かつアンニュイ」なショートカットを披露していた。

「大人っぽくなったよね」と私が言った。

「メイクのせいじゃない？」

「いや、やっぱり髪型でしょ」

「ショートカットが似合う人がほんとうの美人だって言うよ」

スナック菓子のかけらが橘みかのついと上げた顎《あご》にひとつ落ちた。

駅でみんなと別れた瞬間に、電話があった。

「ぼくは橘みかはあんまり好みじゃない。ユリコはショートカットにすると、逆に子どもっぽくなると思う」

私は口を開いた。彼になにか言おうとしたのははじめてのことだった。

「そんなの……」

でも通話は切れていた。ストーカーは、いつも自分の言いたいことだけを短く告げてさっさと切ってしまうのだった。

私はさっそく美容室に予約を取り、白のチュールスカートに赤のコンバースを履いて出かけた。

「襟足は刈り込んで、トップとサイドはある程度長さを残します。ニュアンスを出すために、トップは根本から、サイドは先端だけ、軽くパーマをかけますね」と美容師が微笑んだ。美容師は若い男性だったが、彼もまたトップは根本から、サイドは先端だけ軽くパーマをかけているようだった。

「私でも似合うと思います？」

「もちろんです。似合うように仕上げますよ」

すばらしく似合っているというわけではなかったが、少なくともずいぶん垢抜《あかぬ》けた、と私は思った。弟は、「うわ、男だ」と言ったのでうしろから膝を蹴《け》って転ばせた。

母は喜んだ。

「友里《ゆり》ちゃんすっきりしたのねえ、似合うじゃない？」

「ほんと？」

「うん、なんだか友里ちゃんの小さいころのこと思い出すわあ。ずいぶん大人になったと思ってたけど、まだあんまり変わらないのね。ねえ、お父さん」

部屋へ上がり、ストーカーからの電話を待った。ストーカーは、夕食を食べ、お風《ふ》呂《ろ》に入り、寝ようかというころになってやっとかけてきた。

「切るなって言ったのに」

それから半年のあいだ、電話はなかった。父が買ってやると言うので、私は実家を出る前に携帯電話を新調した。番号も変わった。

私はK市で大学生活を送った。K市には、ストーカーの言ったとおり、しゃれたカフェがいくつもあった。私はそのなかで四番目くらいによく雑誌に取り上げられていて、店員の男女の比率に偏りのない店でアルバイトをはじめた。大学では複数あるテニスサークルのうち、あまりテニスをやらないサークルを選んで入った。私はアルバイト先の無精髭《ぶしょうひげ》を生やした先輩を好きになったが、先輩のほうはそうでもなくて、結局テニスサークルの同学年の男の子とつきあいはじめた。髪の毛は、伸び始めていた。パーマのニュアンスを正しく整えるのはわりと難しかったし、橘みかもドラマが終わるや否や驚異的な早さでロングヘアに戻ったし、それにやっぱり長めのほうが男の子の受けもよかったからだ。中途半端に伸びた髪を無理矢理みつあみにしたときには、女の子たちからも褒めそやされた。

　私は体が丈夫で、きっちりとした経済観念を持っていたので、夏が近付いてもできるだけエアコンを点《つ》けずに過ごした。窓とカーテンをいっぱいに開け放しておくと、ときどきはとてもいい風が入ってくるのだ。恋人が「暑いな」と言っても、「そう？」と軽く流した。

「こいつも暑いって言ってる」

　彼は、私の熊の防犯ブザーを顔の前に持った。声色を変えて「アツイヨー」などと言う。

「熊は平気でしょ。森にはエアコンないんだし」

「お前も汗かいてるくせに」

「エコ」と私は一言で済ませた。

「エコ?」

「そう、エコ」

恋人は可笑《おか》しそうに笑って汗だくの腕を私の首に巻き付けた。そして、パンツの脇から指を入れる前に、振り返ってカーテンだけを引いた。

非通知の電話は、たまにかかってきた。それらは、ただの間違い電話かセールスだった。それなのに半年後にかかってきた電話を、私はストーカーからだと直感した。私は通話ボタンを押し、なにも言わずに待った。相手もしばらくなにも言わなかったが、やがて私の名前を呼んだ。

「ユリコ」ボイスチェンジャーを通しても、彼が弱っているのがよくわかった。

私は黙っていた。

「ユリコ、だめなんだ。どうしてもきみが忘れられない」

私は通話を切り、恋人を部屋に呼び出した。

別れを切り出すと恋人はとても驚き、「もう好きじゃない」と告げても納得しなかったが、「ほかに好きな人ができた」と涙をこぼすと、むっとした顔で帰って行った。

「ユリコ」ストーカーは、すぐに電話をしてきた。「ありがとう、ユリコ。きみもぼくのことが好きなんだね」

私は息を止めていた。呼吸音ひとつストーカーに与えないためだ。

それからしばらくは、毎日私が部屋を出るたびに「いってらっしゃい。気をつけて」、帰ってくるたびに「おかえり」の電話があった。

それに加え、ひとりになったときを見計らって「明日《あした》は雨が降るよ」「午後の講義は休講になった」「少し太った？　でもぼくは別にかまわないよ」「きのうきみが買ったのと同じパンを僕も買って食べてみた。なかなか美味《おい》しいね」「バイト先の髭の男、このごろきみをおかしな目で見てる。気をつけなさい」などと厚かましい電話を、日に五度も六度もかけてくるようになった。

バイト先の無精髭の先輩が私のことをおかしな目で見ているのはほんとうだった。なぜなら、私が粘り強くそうなるよう仕向けたからだ。

「あんな男は無視したほうがいい。挨拶《あいさつ》だけすればじゅうぶんだろう」とストーカーから忠告があったので、ためしに従ってみることにした。すると、たった一日で、先輩のおかしな目がますますおかしくなった。

かわいそうになったので、無視を取りやめて先輩を部屋に誘った。彼はかんたんについてきて、丸二日居座った。私たちはほとんど寝転んだままでコンビニのサンドイッチを食べ、テレビを見て過ごした。もうだいぶ寒くて窓を開け放しておくことはできなかったが、カーテンはできるだけ開けておいたし、閉めるときにもきっちりと端が合うことのないよう、粗雑な手付きでさっと引いた。

ストーカーは二日目の夜、先輩がトイレに立ったすきに電話をしてきた。

「どうしてこんなひどいことができるんだ」と彼はうめいた。激しい呼気がざあっと耳を粟立《あわだ》たせた。呼気まで中性的だった。

「誰?」と先輩が顔を出した。

「わかんない、間違い電話かな」と言ってから、私は通話を切った。

先輩は明け方に帰った。私は防犯ブザーの熊の手をつまみ、「バイバイ」と動かした。即座に、背後でびるびると音が立ちはじめた。ストーカーがはじめて電話してきたときの、あのなつかしくも耳障りな着信音だった。少しのあいだ出ずに聞いていると、音量が加速度的に増えていく。近所迷惑なほどになってから、やっと手に取った。

「いいよ、きみの好きにするがいい。きっと後悔する」

私は通話を切った。

彼は、すぐにかけ直してきた。

「聞くんだ、このあばずれ。ぼくは」

私はまた通話を切った。

ストーカーは何度も何度もびるびるとかけてきた。私も、何度でも根気よく切った。

「殺し」

「お前なんか」

「この」

「死ね」

「し」

「どうして」

「いつでも」

「くそ」

「ぼくの」

「聞け」

「き」

「あ」

「ゆ」

私はこちらの呼吸音が入り込む隙もないくらい素早く出たり切ったりを繰り返しな

がら、眉《まゆ》のむだ毛を抜き、テレビを点けて早朝のニュースを観た。

また非通知の着信があった。今度は私の設定した通常の着信音だった。私は携帯電話を耳に当てた。ストーカーが息を整えている音が聞こえた。

「すまなかった。ひどいことを言ってしまった。どうか許してくれ」落ち着いた、ゆったりした口調だった。目を閉じて、私は味わった。新鮮な苔《こけ》をたっぷり採ってきてシーツに敷き詰め、そこに横たわっているみたいだった。私の頸骨《けいこつ》や肩甲骨や尾骨やかかとに押された部分からは水が染みだし、手首や脇や腿《もも》のあたりからは埃《ほこり》よりも細かな虫が這《は》い出し、私の体に上ったり下りたりして逃げまどっているみたいだった。

ストーカーは言った。

「ぼくはきみを愛してる。きみがなにをしようと、誰と寝ようとかまわないんだ。すべてきみの自由だ」

私は冷蔵庫を開け、牛乳のパックを取り出した。中身をマグカップに注ぐ。そして彼に、一気に牛乳を飲み干す音を聞かせてあげた。

先輩とは一年ほどつきあって別れた。大学生時代には、そのあと一人と一度だけ関係し、別の一人とはきちんとおつきあいをした。それから、私は就職をして引っ越した。就職してからは会社の同期とつきあって別れ、友だちの結婚式で出会った人とつきあった。一ヶ月前に妊娠がわかったので、その人と結婚することになった。

ストーカーは、電話だけで私をストーキングしつづけた。携帯電話は二度買い換えたが、どちらのときも彼はちゃんと一週間ほどで番号を探り当てた。

「やあユリコ。新しい機種には慣れたかい？」と彼は朗らかに言った。彼はおおむね朗らかで穏やかだ。

「きみが先週割ってしまった会社用のマグカップだけど、同じものを売っている店を見つけたよ」と言い、同じ調子で「今日はブラウスのボタンを開けすぎだったね。まるで売女《ばいた》だ」とも言う。

ときどき、ストーカーは激昂《げっこう》する。しゃくりあげていることもある。ひからびてばらばらに散らばった苔みたいだ。でも慣れてしまうと、たまにはまあこういうのも悪くない。

「お前は自分を美人だと思ってるだろう？　とんでもない。きわめて平凡だ。どちらかといえばブスだ」とわめき、「お腹の子はぼくの子だ」とわけのわからないことをつぶやき、「もう死ぬ。ぼくは死ぬ。耐えられない」と息も絶え絶えに声を絞り出す。

私は放っておく。ストーカーはいつも数時間経つと自分で気を取り直し、丁寧な言葉で私に詫《わ》びる。

熊の防犯ブザーはまだ大切に持っている。相変わらずブザーの音は聞いたことがないし、止め方も知らない。ただ、二ヶ月に一度、ボタン電池を新品に入れ替える。万が一のとき、そんなことはないと確信しているけれど、それでも私は女性なのだから身辺には気をつけるに越したことはないのだ。いざ必要になったときに電池が切れていてブザーが用を為さなかったら、目も当てられない。熊は少し古びて、笑顔をかたどる口の刺繡《ししゅう》糸は何針分かが抜け落ちた。毛並みのつやも衰えた。おまけにこのごろは全体的になんとなく湿気《しけ》っているような手触りだ。でもそれが心地よくて、撫《な》で始めるとなかなかやめられない。

式の日はまだいくつかの候補日のなかから選んでいる最中だけど、新居は決まった。婚約者はすでにそこに住んでいて、私も会社が休みの日に少しずつ荷物を運んでいる。もうずいぶん運んでしまって、今ひとりで住んでいる部屋には当面の生活に絶対に必要なものしか残っていない。

「友里子《ゆりこ》、いつこっちに移れる？」婚約者が電話口でうれしげに尋ねる。

「契約は今月いっぱいなんだけど、もう次の休みには」私はエレベーターのなかで、かばんから鍵《かぎ》を取り出す。

自分の部屋の鍵を回し、ノブを引く。開かない。もう一度鍵を差し込み、回す。ノブを引く。ドアが開く。

私は熊を取り出して携帯電話といっしょに握りしめる。慎重にドアを引いていく。甘いにおいが顔を覆う。今まで嗅《か》いだことのないくらい濃くて重いにおいだ。

電気を点《つ》けると、がらんとした部屋の真ん中で、なにかがいっせいにこちらを振り返って睨《にら》みつけてきた。しかし、そうではなかった。フローリングに直接置いてあるのは、私の顔ほどもある大きな白い百合《ゆり》の花束だった。一抱えもあるガラスの花瓶に、ぎゅうぎゅう詰めに生けてある。今にも飛び出して、襲いかかってきそうだ。

携帯電話が鳴る。ストーカーが話す。やわらかくて暗い苔がどこまでも続いていくみたいに話す。

「おかえり、ユリコ。食卓と椅子は、ぼくが処分しておいたよ。きみ、業者に頼むのをずいぶん面倒がっていただろう？　カサブランカとバカラの花瓶はお祝いの品なんだ。どうか受け取ってほしい。結婚おめでとう」

通話を切り、膝《ひざ》をつく。百合は、はしたないくらいに分厚い花びらを開き、咲ききっている。中央から雌しべが屹立《きつりつ》し、柱頭のてっぺんには透明な粘液が今にも垂れ落ちそうに玉をつくっている。そのまわりを六本の雄しべが囲んでいる。雄しべの先端では、葯《やく》がだらしなくめくれあがってオレンジ色の花粉を露出させている。

花粉はやっかいだ。あんなのが服や壁紙についてしまったら、洗ったってカレー粉そっくりの黄色い染みを残してしまう。フローリングにだって染みができるかもしれない。退去時に高額な原状回復費を請求されるのはごめんだ。

スーツの袖《そで》をまくり、カーテンを全開にした。キッチンの引き出しから割り箸《ばし》を取りだし、ティッシュの箱を抱え、膝で花瓶ににじりよる。においが鼻の奥を圧迫するので、口呼吸に切りかえる。

私は割り箸で、葯をつまむ。葯は、ほんのちょっと力を込めるだけで、ぷつっとかんたんに取れる。花粉が散らないよう注意しながら、次々と葯をつまみとる。だいたいは気持ちがいいくらいあっさりと取れるが、ときどき葯と花びらが近すぎるものがあって、そういう場合には真っ白な花びらにオレンジ色の汚れが付着する。

除去がすべて終わると、私はティッシュの上に山と積もった葯に、さらにティッシュを数枚重ねて握りつぶす。カサブランカはさっきとは打ってかわって薄汚れた陶器の置物みたいにぼんやりしている。

私は窓辺に立つ。ビルやマンションのあかりが、ぽつぽつとさみしげに灯《とも》っているしみったれた光景だ。防犯ブザーの熊を顎《あご》のあたりに構え、右手を指先でつまんでバイバイのかたちに振ってやる。

プファイフェンベルガー

マイケル・プファイフェンベルガーは２００９年４月18日に死んだ。六二歳だった。死因は膵臓《すいぞう》癌。癌ならしかたがない。私は当時高校生で、射殺されたんじゃなくてよかったと笑い転げた。航行中の大統領専用機から転落し、地面に激突して死んだんじゃなくてよかったとも言った。逃げ道を失い、奪還した核兵器とともに海の藻屑《もくず》と消えたんじゃなくてほんとうによかった。だって、そんなことで死んだんじゃ、プファイフェンベルガーの沽券《こけん》にかかわる。笑いすぎて声も出なくなった私を、友達が異様な目で見ていた。人の死をそんなふうに言うなんて、と彼女は吐き捨てた。あんたがそんな子だったなんて。私は友達をひとり失った。がっかりするより、あっけにとられた。プファイフェンベルガーが原因で絶交されるとは。それに、あの子はべつにプファイフェンベルガーのファンでもなんでもなかったのに。

「本名はミヒャエル・ヘルムート・プファイフェンベルガー。映画俳優としてのデビューは遅くて、えーと三十歳くらいのとき」

背後で背丈ほどもある室外機が団地みたいに並んでうなっているので、少し声を張らなければならなかった。

「え、そうなの？」伊藤《いとう》は言ってから、咳払《せきばら》いをしてやや大声で言い直した。「え、そうなの？」

「うん、ウィキペディアに書いてあった」私は正直に言った。

「え、じゃあプファイフェンベルガーって、何人？　ドイツ人？」

「え？　知らない、アメリカ人じゃないの？」

屋上だった。真下をのぞき込みたかったが、柵《さく》に阻まれて建物の縁まで行くことはできない。縁はずっと向こう、地平線みたいに遠くて、白く塗装された柵はたっぷり三メートルはある。見上げると先端は内側に傾き、その上には塗装されていない鉄の棒がところどころ取り付けられ、有刺鉄線が張り巡らされていた。有刺鉄線の数をかぞえる。六すじもある。厳重なことに、上二すじにはさらに新たな有刺鉄線がコイル状に絡んでいる。

「のぼれそう？」と私はたずねた。

どうしても真下をのぞき込みたいのだった。

私たちの真上は、空ばかりではなかった。近辺には、この屋上よりも高いビルがいくつも建っている。このあたりにはよく来るから、だいたいみんな見知っているビルだけど、のぞき込まれているように感じるのははじめてだ。地表を歩いているときには、どれもただ突っ立っているだけのビルだった。

意外だし、納得できなかった。屋上にまで来て、のぞき込まれる羽目になるなんて思いもしなかった。だって、屋上なのに。眼下を行き交う小さな人や車、屋上といえばそういうものじゃないの？

予想外のものよりも、予想したものが正しく与えられることが大切だ。柵のすきまに両腕を突っ込む。肩まで入る。ここからでは、アスファルトはおろか、信号機ひとつ見えない。

「ねえ、のぼれそう？」焦《じ》れて、もう一度たずねてみる。

「無理だね」と伊藤は答えた。彼は、試そうとさえしていなかった。柵に触れているのは私だけだ。伊藤は右手のなかのアイフォンに見入っている。

「おまえがプファイフェンベルガーのファンだなんて知らなかったよ」と伊藤が言った。首を落としてアイフォンを見つめたまま言ったので、アイフォンに向かって言ったみたいだった。それとも、単に顔が風を受けないよう防御の姿勢をとっているだけなのかもしれなかった。

私の髪は、もうめちゃくちゃだ。屋上は、どこの屋上だって風が強い。これも予想外だけど、予想すべきだった。長く伸ばして斜めに流している前髪が、前後左右に行ったり来たりした。ひっきりなしに前髪をつかまえて耳にかけ直したが、分け目はもうとっくにいつもの位置でなくなっているのが頭皮の感覚でわかる。鏡なんか見たくもない。

「だってみんなに馬鹿にされるでしょ、プファファンだなんて言ったら。伊藤も馬鹿にしてるでしょ、今、私がプファファンだって知って」

「まあね」と伊藤は言った。

マイケル・プファイフェンベルガーを知らない人はいない。彼の映画はしょっちゅうテレビで放映されていたし、新作が劇場公開されるとなれば、いつも派手な予告編がやっぱりテレビで飽きるほど流れた。みんな、プファイフェンベルガーの映画をひとつやふたつは観ているはずだ。なのに、プファイフェンベルガーは軽んじられる傾向にある。プファイフェンベルガーのファンを公言する者は、もっと軽んじられる傾向にある。

「寒い」私は自分の二の腕を抱きしめた。首に巻いているストールは生地が薄くて、二つ折りにしているのを広げて肩にかけても暖をとれそうにはない。「プファイフェンベルガーなら、こんなぐらいじゃ寒さなんて感じないのに」

「そりゃあれだけ筋肉がついてりゃな」伊藤も、自由な左手で右肘《みぎひじ》をつかんでいた。彼も寒いのだ。

「それに、プファイフェンベルガーなら、こんな柵あっさり越えるのに。有刺鉄線なんか引きちぎるのに」

柵を背にしてしゃがんだ。スカートじゃなくてジーンズを穿《は》いてきてよかった。パンプスから露出した足の甲を、てのひらであたためる。

「佐藤《さとう》って、ああいうムキムキの男がタイプなの？」

「私は下が見たいの。せっかくの屋上なのに」

「なあ、ムキムキの男がタイプなの？」

「だからプファイフェンベルガーのはなしをするのはいやなんだよ」

「おまえがはじめたんだろ」

そのとおりだった。

私たちがいる屋上は、映画館の屋上だ。私たちの足のずっと下の暗がりには、巨大なスクリーンがあり、赤黒い数百の椅子が並んでいる。血に濡《ぬ》れた歯をいっぱい植え込んだみたいに見えるから、映画館は口のなかに似ていると思う。

待ち合わせて映画を観て、それからカフェにでも行って夕食を摂る予定だった。映画が終わっても、夕食にはまだ少し早かった。私がトイレに行っているあいだに、伊藤がドアを見つけた。映画館内部の床は灰色の絨毯《じゅうたん》敷きで、壁は暗いオレンジ色に塗られていた。ドアも同じ暗いオレンジ色に塗られ、まったく壁の続きであるような顔をしていた。ドアノブすら、そうだった。ドアノブは、ドアに埋め込まれているタイプのものだった。短冊形のわずかな継ぎ目の上部を押すと、下半分がぽんと迫《せ》り出した。握るのにちょうどいい大きさだった。館内ではそこらじゅうを、映画を観終わった客、これから観る客が歩き回っていたが、ドアノブを気にしているのは私たちふたりだけだった。私はハンカチをかばんにしまいながら、じっと伊藤の手元を見た。伊藤は、ドアノブをしっかりと握った。

「ドアだ」と伊藤がつぶやいた。私はまだ信じかねていた。伊藤が握っているのがなんなのかもわからなかった。どう見ても、ただの一続きの壁だった。

でも、彼の機嫌を損ねたくはなかった。すでに少し機嫌を損ねているみたいだったから、これ以上損ねると面倒だと思った。

「開けてみて」できるだけかわいい声でせがんだ。

伊藤が押した。目の前の壁にみるみる縦の切れ目があらわれ、次いで私たちの頭上と足元で、平行する横の切れ目がすっと伸びた。

そう、ドアだった。

なかは、暗くはなかった。蛍光灯が点《つ》いていた。コンクリートの壁と、卵色の階段があった。伊藤が声を漏らさずに笑った。私も真似をして笑った。私はさっとうしろを振り返って、自分たちが誰の注意もひいていないことを確認した。伊藤はもうドアの内側にいて、私ひとりがやっと滑り込めるだけの隙間を空けて待機していた。絨毯からヒールを離し、なかの硬い床で音を立てないよう、そっとおろした。しかし、心配するほどのことはなかった。床の卵色は、分厚いクッションフロアだった。伊藤は注意深くドアを戻した。ちっ、と舌打ちそっくりの音が立ってドアが閉まった。

階段は、上へつながるばかりで、下に降りる分はなかった。

「映写室があるのかな？」思いついたままに言った。

「そんなわけないだろ」伊藤はほとんど反射的に私の意見を却下した。

「じゃあなに？」私も反射的に言った。とげとげしい声が出て、しまったと思った。

伊藤は、私を無視してさっさと階段に足をかけた。こちらを見もせず、勝手にのぼっていく。

私は、この男の顔がちょっと好きだ。服装も。ぺらぺらの薄い体も悪くない。男のくせに折れそうな腰をしているから、腰骨が喉仏《のどぼとけ》みたいにぐりっと突き出していておもしろい。

階段は、長かった。いくつも踊り場があって、幾度も折り返した。伊藤は速い。こっちは六センチのヒールを履いているのに、スニーカーでかんたんに進む。私は、待って、と言った。二度も三度も言った。痛くなかったけど、足が痛いとも言ってみた。伊藤は待ってくれなかった。返事もしなかった。

「ねえ伊藤、なんか怒ってる？」と言ってはじめて、伊藤は返事をよこした。

「寝てただろ」

「ああ」私は合点がいった。なんだ、ばれてたのかと思った。伊藤はもう階段を折り返すところだったので、見上げると背中ではなくて耳と鼻筋と顎《あご》が見えた。角張っているけれど脆《もろ》そうで、やっぱりちょっと好きなかたちだ。

私は映画の上映中、ずっとうとうとしていた。うとうとしていただけだ、本格的に眠っていたわけではない。映画のなかでしょっちゅうかもめがぎゃあぎゃあと鳴き交わすので、うるさくて眠れなかったのだ。

「映画が好きなんじゃなかったのかよ」

まあまあ好きだ。わりと好きだ。たしかに私は、以前伊藤にそう言った。でも、伊藤はどんな映画が好きかは聞いてくれなかった。聞かれたかもしれないけど、笑って濁した。どちらにしろ伊藤は、自分が好きな映画のはなししかするつもりがないようすだった。伊藤が好きなのは、少し前のヨーロッパ映画だ。今日観たのも、有名な監督の撮った、それほど有名でない映画のデジタルリマスター版だった。

「だって私が好きなのはプファイフェンベルガー主演のアクション映画だもん」と言って顔を上げると、伊藤の姿はなかった。軽い足音だけが聞こえていた。

でも、とうとう階段が尽きた先の真っ黒なドアの前で、伊藤は待っていてくれた。

「屋上だ」と伊藤は微笑んだ。私はその一瞬に、その一瞬だけだけど、すべてを取り落とした。すべてというのはつまり、伊藤とか伊藤の機嫌とか、小学生のときに課外授業で見せられた能と同じくらい退屈だった映画のこととか、さっきまでとうってかわって眠気が消え失《う》せてすっきりしていることとか、それから血湧き肉躍るプファイフェンベルガーと、彼のせいで失った友情のことだ。それらが消えて、かわりに、屋上が私に与えてくれるはずのものについての、ささやかな予想と期待が完了した。

鉄製の重くて冷たいドアだった。空ではなく、空気そのものが青紫に変色したように見える時間だった。私は髪を押さえ、首のストールを押さえた。伊藤はもうあたりに注意を払わなかったので、私たちの背後でドアはごん、とかかとに響く音を立てて閉まった。

「で、プファイフェンベルガーって、あのプファイフェンベルガー？」

伊藤がうしろから言った。顔を見ないでもわかる。軽蔑《けいべつ》しきった声だった。

膝《ひざ》をまっすぐにし、頭をがっくりと背のほうに反らした。両腕を思い切り振り上げ、引きつるように伸びをする。空気の色は、少しずつ濃さを増していた。空は、大渦を描く直前の海みたいに不吉だった。あまり見上げていると墜落しそうだ。私は頭を戻し、髪をひとまとめにして右肩に流し、首のうしろを撫《な》でさすってから歩き出した。髪はすぐにばらばらと舞い上がって跳ねた。

「ここ、寒い」

眠くなくても、あくびは出る。この屋上には長居する価値はない。スニーカーの底が、アスファルトを擦《こす》る音がした。伊藤がついてくる。たぶん、アイフォンに目を落としたままだ。

狭い屋上だ。ほんとうは広いのに、こんな柵《さく》で囲うから狭い。まるで檻《おり》だ。地表を見下ろすこともかなわないのだから、もう地表を好きに歩いてどこか清潔なカフェに入り、カプチーノを飲みたい。

私は真っ黒なドアに手をかけた。銀色のドアノブをひねる。引くと、ほんのわずかドアが動き、しかしそれ以上は動かなかった。鉄と鉄がぶつかってこすれる小さな衝撃を、手の甲で感じた。ドアの隙間をよく見ると、分厚い錠がひっかかっている。このドアは、閉まると自動的にロックされる仕組みだったのだ。

「開かない」私は伊藤を振り返った。

「え？」伊藤はアイフォンの表面を親指で撫で、ようやく私を見た。「開かない？なんで？」

私は伊藤に場所を譲った。伊藤はドアノブをひねり、押したり引いたりして、ため息をついた。

「こういうドアか」と言った。

「どうしよう」

彼はにやりとした。私も同じようにした。彼の機嫌のためではない。ほかにやりようがなかったからだ。私はドアに背をつけ、身体をすべらせて地面にお尻《しり》をつけた。彼もすぐとなりに並んだ。彼の二の腕にもたれると少しはあたたかかった。

伊藤はまたアイフォンを操作しはじめる。左手に持ち替え、右の人差し指が表面を這《は》い回る。

「なにやってんの？」

「ツイッター」写真まで撮っている。顎を上げて覗《のぞ》くと、おだやかな青紫に沈む空が画面のほとんどを占め、下のほうぎりぎりに繊細な細工物まがいの白い柵が斜めになってほんのわずか写り込んでいた。「あと、フェイスブック」

私は、自分のアイフォンを取り出す。ツイッターを表示し、伊藤の書き込みを確認する。

「SOS！　××シネマの屋上に閉じこめられた。やばい。四階のエスカレーター脇の壁によーく見たら屋上につづくドアあります。助けを待つ!!」

ツイートにはさっきの写真もいっしょに貼り付けられている。フェイスブックも開いた。同じ書き込みと写真があらわれる。伊藤は、ツイートがフェイスブックに自動投稿されるよう設定している。

「よし、これでしばらく待とう」と伊藤は言った。

「うん」

私も、伊藤の考えには賛成だった。この映画館に電話して不法侵入を咎《とが》められるより、友達に笑いものにされるほうがずっとすてきだ。

頑丈なドアに身を寄せて座っていても、風は吹き付ける。寒いのはこの風のせいだ。それに、まだ寒さに慣れていない体のせい。夏が終わったばかりだった。伊藤の肩にこめかみをつけた。

プファイフェンベルガーなら、こんなドアはもぎとって捨てる。プファイフェンベルガーは、あまりドアをふつうに開閉したりしない。車やトラックのドアなら、だいたいもぎとって捨てる。座席をもぎとったこともある。そうでなければ体当たりしてぶち破る。あるいは、敵の体を投げ飛ばしてぶち破る。

伊藤はずっとアイフォンをさわっている。アイフォンってけっこう温かいから、案外あれで暖をとっているのかもしれない。

「で？　ああいうムキムキなのがいいの？　ムキムキすぎて気持ち悪いじゃん。顔も変だし。いったいなにがいいんだよ」

「伊藤、あんたぜんぜんわかってない」

子どものころから、プファイフェンベルガーは特別だった。彼の映画がテレビで放映されているのに出くわすと、遠出から家に帰ったみたいに安心した。はじめから家にいたのに。

私はくちびるを舐《な》める。少し緊張する。プファイフェンベルガーのいいところを、私は他人に説明して聞かせたことがない。それどころか、自分の頭のなかで整理してみたこともなかった。

まず顔かたちからだ。たしかに彼は、一般にはハンサムだとは見なされていない。よく見れば目鼻立ちは整っている。しかし顔は長すぎるし、鼻筋は通りすぎているし、頬骨は高すぎ、眼窩《がんか》上隆起は鋭すぎて、左右の目はときどきその影のなかに落ちくぼみ、口は眼窩上隆起と完全に平行だった。つまり、彼の顔はあまりにもシンプルな印象を与えるので、かえって滑稽《こっけい》だったし、はっきり言って馬鹿みたいだった。ハンサムな俳優ならたくさんいるけど、あんな馬鹿みたいな顔をした俳優は彼をおいてほかにはいない。彼だけの個性だ。

次いで、身体。彼の身体は実に筋骨隆々としている。それはもう、たいへんな筋肉だ。彼は映画のなかでしょっちゅう上半身を晒《さら》したが、その分厚くて立派な肩や二の腕や胸は、ちっとも裸という感じがしなかった。みっちりと張りつめた染みひとつない彼の皮膚を、私は美しいとさえ思ったことがない。彼の身体は、顔と同じように滑稽で、馬鹿馬鹿しくて、だから彼はしょっちゅう脱いでばかりいられたのだと思う。

伊藤はわかってない。プファイフェンベルガーが大衆に愛されたのは、馬鹿みたいな容姿のせいなのだ。身長一八八センチの大男だというのに、彼は子どもが大量生産品のソフビ人形を愛するように愛された。まさに彼は、私たち子どもの汗と体温ですっかりあたたまったソフビ人形だった。

そしてなにより彼が偉大だったのは、すべての出演作で主役をつとめたにもかかわらず、とうとう代名詞となるキャラクターを生み出さなかったことだ。彼の演じる役柄には、映画ごとにちゃんと名前がついていたけれど、それはトムとかダグとかディッキーとか、一応名付けておかないと不便だからついてます、といったレベルのもので、単に記号だった。そこに込められた思いはなかったし、意味もなかった。映画が終わるやいなや、誰もが彼の役名を忘れた。それどころか、上映中に忘れてしまっても、物語を追うのにとくに支障はなかった。プファイフェンベルガーはプファイフェンベルガーなのだから。

プファイフェンベルガーの演じる役どころは、決まりきっていた。彼はだいたい特殊部隊か秘密諜報《ちょうほう》部のかつての英雄で、ときどきは現役の英雄だった。警官や無実の罪で投獄された脱獄囚だったこともあったかもしれない。とにかく、丈夫で屈強な戦士の役だ。アメリカのあらゆる州で、南米やミャンマーやアフリカのどこかの密林で、南極大陸で、宇宙船で、火星で、そして過去や未来の架空の都市で、彼は戦った。

戦う相手は彼を陥れようとする政府の陰謀であったり、巨大悪徳企業であったり、テロ組織であったり、彼の功績に嫉妬《しっと》した戦友であったり、謎の宇宙人だったり、なにがどうなっているのかよくわからないグロテスクなモンスターであったり、暴走したロボット集団であったり、ごくまれに自然災害であったりした。彼にはしばしば息子か娘がいて、いる場合にはかならず人質にとられた。妻や恋人は、生きたままではめったに登場しなかった。彼のとなりに妙齢の女性が配されるとき、彼女はいつも彼の人間離れしたパワーに驚きあきれつつほのかな恋心を抱いたが、恋愛をしている場合ではなかった。彼女は、劇中でしだいに頼りになる相棒へと成長し、彼は彼女の献身的なサポートをさも当然のように受け入れ、そのくせ彼女にはほとんど見向きもせずにひたむきに戦いを続けた。プファイフェンベルガーは、じゅうぶんな男性的魅力と能力を備えた、たくましい大人の男であることを前提としながら、生々しい性の気配をみごとに隠し通した。

そのことと、彼がいっさい苦悩しなかったことは、おそらく密接に関係している。そう、彼は苦悩しなかった。彼はものすごく殺した。殺して殺して殺して殺しまくった。ピストルや機関銃を乱射すると、おおむね命中した。敵の頭を鈍器で砕いた。首をひねり、切り裂き、のど笛を握りつぶした。四肢のどれかをやすやすと切断し、お腹をえぐった。パイプのようなもので胸を突き、貫通させた。高いところから投げ落とし、車ではね飛ばし、押し潰《つぶ》したり、焼いたり、感電させたり、溺《おぼ》れさせたりもした。殺すことに、ためらいや後悔は毛ほどもなかった。迷いも、罪悪感も、なにもなかった。彼を苦しめるのは誘拐された息子か娘の安否、あらかじめ殺されていた妻や恋人の思い出、汚された自分の名誉など、外的なはたらきかけによるものばかりだった。彼がその類《たぐ》い希《まれ》なる殺しの能力を発揮するのは、自分や家族を守るためか復讐《ふくしゅう》のためか、そうでなければ正当な任務によるものだったことも手伝って、彼自身の内なる衝動は、彼自身にも私たち観客にもあますところなく肯定された。彼は成熟しきった男性であるにもかかわらず純潔であり、返り血で濡《ぬ》れそぼっているにもかかわらず無罪だった。

だからこそ、敵の銃弾はプファイフェンベルガーを避けて通る。たまには被弾することもあるし、怪我をして苦痛のうめきを上げたりもするけれど、10秒後にはいつもと変わらず全力疾走をするのだから、まあ、当たってないと見なしてもいいと思う。とにかく、マッチョなのがタイプだとかタイプじゃないとか、そういう次元の話ではないのだ。

私は黙っていた。こめかみを伊藤の肩に押しつけ、目を閉じて、髪を押さえていた。

だって、説明するのは疲れる。私は、自分がプファイフェンベルガーの美徳をいくつも理解していることをあらためて思い知り、とても満足したので目を開けた。私たちを見下ろすビルとビルの合間に、弱々しいオレンジ色の夕焼けが帯状に伸びていた。ここからだと、私の指ほどの幅しかない夕焼けだった。あとの空は、灰色だし青紫色だ。ビルの灯《あか》りが目立ちはじめている。もうじき夜になるのだ。

「ツイッターかフェイスブックに反応あった？　誰か来てくれそう？」

「ああ」と伊藤が生返事をした。それから、しっかりした声になって、もう一度「ああ」と言った。

「プファイフェンベルガーの父親はユダヤ系オーストリア人、母親はオーストリア系アメリカ人。プラハで出会って結婚、戦禍を避けてロンドンに渡り、戦後、一家でアメリカに移住」

私は頭を上げた。彼を見た。彼はアイフォンを見ている。

「えっと、それで、なに？」

「プファイフェンベルガーはアメリカ国籍のオーストリア系アメリカ人」

返事をしないでいると、伊藤はちらっとだけこちらを見て、またアイフォンに戻った。

「ウィキペディアに書いてあるぞ」

長かったから、はじめの3行くらいしか読まなかった。

「でもプファイフェンベルガーも、そう馬鹿にしたもんじゃないんだな」なぜか自分のことのように得意げに伊藤は続ける。

「おまえ、なんでプファイフェンベルガーの映画デビューが遅かったか知ってる？」

「えっと、ボクサーをやってたから、だっけ」

「それもあるけどさ、イェール大学で美術史を研究してたんだって。博士号持ってるってさ。専門はギリシャ彫刻」

「うわっ」抑えきれず、悲鳴が漏れた。

「五十歳を過ぎて映画出演をセーブするようになってからも、また大学に入り直して勉強してたらしい。えーと専門は、今度はミケランジェロ」

「気持ち悪い」

「それから、ホロコーストの生存者や遺族のための基金を設立してる」

「いやだ」心底絶望して叫ぶ。

「なにがいやなんだよ。立派じゃないか」

そうだ、べつにいやじゃない。私は顔を覆った。

「いやだ」と、もう一度、言った。

伊藤のツイッターには、ふたりの友人から返信があった。ひとりは「ばーか今いくよ」と書き、もうひとりは単に「ばーか」と書いた。フェイスブックの書き込みには、「いいね！」が9つもついている。

私は伊藤にすり寄って右斜め上を見ていた。周辺のビルは、いまや体中にぴかぴか光る目を備えた妖怪《ようかい》みたいで、私たちはますますのぞき込まれている。その無数の目のなかに、ひとつ、特に切れ長の目があった。2部屋か3部屋をぶち抜いて1室にしてあるのだ。

下から見上げているので、なかをすべて見通すことはできないが、そこがなんなのかはすぐにわかった。バレエスタジオだ。床から天井まで全面ガラス張りにしつらえられた窓と、それに接するように渡されたバー、奥の壁には一面に鏡が貼ってある。こちらに背を向けて、頭をお団子に固め、白っぽいレオタードを着たダンサーが数人、横並びに並んで上下にかたん、かたんと動いている。

「ねえ、バレエ教室がある、あそこ」私は指さした。

「うん」と伊藤が言った。「おいおい」

オレンジ色の夕焼けはあとかたもなく消えていた。空も空気も均一な紺色に落ち着き、真上には真っ黒な雲が湧き出ている。もっとあたりが暗くなると、あの雲は逆に色を薄めて灰色に変わるだろう。

「なあ、階段のドア、わかんなかったって帰っちゃったよ」

「へえ?」

私は自分のアイフォンを取り出す。伊藤と、親切だけど不注意な伊藤の友人の、ツイッターでのやりとりを見る。

「四階のオレンジ色の壁だよ、わかりづらいけどよく見ればあるから。頼む!」

「いやいやいやいやいや、ないって。なかったって。ほんとに四階?　五階とか三階じゃなくて?」

「四階だったよなあ?」と伊藤が言った。私は財布のなかから、映画の半券をつまみ出した。「4階THEATRE5　I-7」と刷られている。

「うん。四階だった」私はゆっくりと言った。「寒い」

プファイフェンベルガーなら、ドアがなければ壁を粉砕するし、階段がなければ外壁をよじのぼってここまでやって来る。有刺鉄線を毟《むし》って捨て、鉄柵《てっさく》を蹴倒《けたお》し、興が乗れば引っこ抜いて曲げたりもするかもしれない。

「ねえもうここの映画館に電話して」

突然、切羽詰まって私は言った。

「なに？　なんで？　もうちょっと粘るよ、おれは」

「トイレに行きたい」

「さっき行ったばっかりじゃないか」

「でも行きたい」

「え、もう限界なの？」

限界ではなかった。でも、遠からず限界が来ることは明らかだ。

「お願い、電話して」

伊藤は「あーあ」と言った。アイフォンに指を滑らせ、映画館の電話番号を検索するのをじっと見守る。彼がアイフォンを耳にあてた。私はほっとして、バレエスタジオに目をやった。

ひとりのダンサーがバーに手をかけ、こちらを向いていた。小柄な女性だ。黒いレオタードだった。膝下《ひざした》までの黒いスカートにスパッツ、うしろにきつく縛り上げた髪は白い。老婆だ。そう気付いたとたん、遠くて小さい彼女の姿が、いやにはっきりと見えはじめた。ライフルのスコープを覗《のぞ》いているみたいだ、ライフルなんか触ったこともないけど。バーに添えた右手の手首で、太い静脈が薄い皮膚を持ち上げている。彼女のうしろでは、さきほどと同じように、白っぽいレオタードの集団が練習をして
いた。今は、ぴょんぴょんと跳びながらスタジオいっぱいに円を描いている。

「はい、すみません、えっと」

私のうしろでは、伊藤が大声を出している。

「だから、屋上です。お、く、じょ、う」

髪が乱暴にはらわれた。振り返ると、伊藤だった。私の髪が電話をする彼の口に当たったようだった。

私はすぐに老婆に顔を戻す。老婆はまっすぐに伸ばした左脚をゆっくりと真横に上げつつあるところだった。私と彼女は目が合っていた。ドアが開くときのように、ドアが開いて壁との切れ目がみるみるあらわれるように、彼女の法令線が深く深くえぐれていく。笑っているのだった。彼女は声を出さずに、たるんだやわらかなまぶたの下で目を見開き、蛍光灯のせいでかすかに緑がかった色白の皮膚を歪《ゆが》め、私を見下ろして笑っていた。

「佐藤」

伊藤が私の肩をつかんだ。

「佐藤、なあ、佐藤」

「なに」

「ここの映画館には屋上なんてないって言われたんだけど」

私は老婆から目が離せなかった。下腹で、膀胱《ぼうこう》のかたちがわかるほど尿が冷えている。

「もう一回電話して」私は命令をした。「今すぐ。はやく」

伊藤は、言われたとおりにした。老婆の左脚は、彼女の耳にくっつきそうだった。つまさきはナイフみたいに尖《とが》っていた。レオタードの下から浮き出る肋骨《ろっこつ》も、ナイフみたいに尖って彼女を内側から切り裂いてしまいそうだった。

「四階の、エレベーターの脇の、オレンジ色の壁にドアがあるでしょう？　ありますよね？」伊藤が叫んでいた。

私は髪を押さえて立ち上がる。老婆を見上げながら、老婆のほうへ歩み寄る。両腕を広げた。膀胱のなかで尿にさざなみが立った。

「助けて！」私は絶叫した。「ここに、閉じこめられてるんです。閉、じ、こ、め、ら、れ、た！　た、す、け、て！」

老婆の左腕が上がった。天井から糸で操られているのかと思うほど、彼女の左腕はなんの前触れもなく、力を込めたようすもなく、ひくっと引き攣《つ》れて上がった。脚が腰の真横まで下ろされ、左腕と平行になった。老婆はますます笑っていた。法令線のところからがくっと顎《あご》全体が脱落しそうだ。

「佐藤」

耳元に、伊藤のなまあたたかい息がかかる。

「あのドアの先は、映写室ですが、だってさ」と彼は言った。声だけだと今にも泣きそうだけれど、横目で顔を見ると、笑顔だった。

「言ったとおりでしょ」と私は言った。「映写室があるんじゃないって、私、言ったでしょ。私の言ったとおりだったでしょ」

「そうだ。佐藤の言ったとおりだった」彼は認めた。

伊藤がうしろから私を抱きしめようとした。

「やめて」肩を揺すって逃れる。さっき叫んで体に力が入ったので、尿意がいくつも段階をすっとばして迫《せ》り上がってきていた。この上、外部から余計な力を加えられたくはなかった。でも、肩を揺すったことによる衝撃はきちんと膀胱に襲いかかってきた。伊藤は私から離れた。

「アイフォンで、現在位置の確認をする」と彼は言った。

「すれば？」と私は怒鳴った。

老婆は左腕を頭上に伸ばし、手首をくいっと折った。その角度は、私たちを閉じこめて囲っている、この屋上の柵とそっくり同じだった。老婆は横顔を向け、顎を上げながらも、私の目から目を離さず、笑い続けていた。

なにもかも無駄だということがわかっていた。

「だめだ、地図が真っ白だ」伊藤が報告した。伊藤は頭を抱え、ぐるぐるとまわった。

老婆もぐるぐるとまわりはじめた。伊藤はふらふらとよろめいたが、老婆はぴたりと一箇所に留《とど》まっていた。彼女は、両腕を胴の前に出して丸いかたちをつくり、左脚を軸にして、右脚を三角に折り、ぐるっと回転したかと思うとふと両腕と右脚を伸ばし、また元のように体に引きつけていっそう速く回転をした。

「警察に電話する」遠ざかりながら伊藤が言った。彼は、無様に脚を引きずりながら柵のほうへ歩いていくようだった。私は視界にちらちら入って邪魔をする髪の毛を数本毟り、さらに前へ出て老婆に近付いた。老婆の回転は、速くなるばかりだった。これだけの速さで回転していても、彼女のすさまじい笑みが見てとれた。股間《こかん》が温かくなり、それからすぐに凍り付くほどに冷えた。尿がくるぶしを伝った。少しくすぐったかった。伊藤が、薄い舌でこんなふうに私のくるぶしをそっと舐《な》めたことがあったのを思い出した。

振り返ると、伊藤は大きく身振り手振りをしながら、電話の向こうの誰かになにかを伝えようとしているところだった。私たちはここで死ぬのだということが、彼にはまだわからないのだ。私にはわかっている。たとえば、伊藤のアイフォンの充電はじきに切れる。プファイフェンベルガーのプライベートなんか調べたりするからだ。次に伊藤は私のアイフォンを取り上げる。もちろん、私のアイフォンも役には立たない。役立てようといじくるうちに、やっぱり充電が切れる。

空はもう真っ暗で、真上の雲のかたまりは予想したとおりの灰色だった。私たちは柵に阻まれて飛び降りることもできない。だから私たちはここで死ぬまで生きる。これからいくつの朝を見ることになるのかは知らない。私たちにできるのは、ゆっくりと、時間をかけて、死が内部から私たちをばらばらにするのを待ち続けることだけだ。

老婆は回転をやめない。プファイフェンベルガーなら、この状況でも彼女の眉間《みけん》を一発でみごと撃ち抜いてみせるだろう。

プファイフェンベルガーなら、ここから見えるどのビルからでも、この屋上に飛び降りて侵入することができるだろう。

プファイフェンベルガーなら、伊藤を持ち上げ、あの鉄柵《てっさく》に放り投げて串刺《くしざ》しにすることができるだろう。

プファイフェンベルガーなら、あっというまに私のところにやってきて、その分厚いてのひらで私の顔をつつみ、きゅっとまわして首の骨を折ってくれるだろう。

プレゼント

「虫歯があるね」とナツミが言った。

「ないよ」と小林《こばやし》は答えた。ないはずだ。一応、毎日歯は磨いている、磨かずに寝てしまうこともあるけど。さいきん口の中が痛んだおぼえはない。

「あるよ」

「いや、ないよ。ないと思うけど」

「あるよ」ナツミは真下からじっと小林を見上げた。

「なんで?」

だって虫歯の味がする、と彼女は笑った。

ナツミがこんなことを言い出す数秒前まで、彼らはキスをしていた。ナツミは自信たっぷりだった。

「絶対あるよ、虫歯」と彼女は言った。

そんなことはありえなかった。虫歯に味なんてない。そんな話は聞いたことがないし、小林は実際に子どものころ、多くの人が経験するように、何度か虫歯をやったことがある。思い出せるのは治療中の薬剤の苦みと、歯肉や舌を押さえつける器具の冷たいつるんとした味だけだ。

それに、万が一、虫歯に味があるとしても、ナツミにわかるわけがなかった。小林は、自分のくちびるを相手のくちびるに押し当てただけだった。彼女とはもうすでに何度かこういうことはしているが、まだしばらくはそれだけにするつもりだった。ナツミは十六歳だ。怖がらせたくないし、なんらかの責任を問われるのも困る。

「ないよ。だいいち……」と言いかけたところで、ナツミが「口を開けて」とさえぎった。

「はい、あーん」

ナツミが、お手本を示すように大口を開けた。自分の顔が崩れることに頓着《とんちゃく》せず、力いっぱい開けている。こういう子どもっぽい仕草は、ナツミによく似合っていた。小林は思わず笑った。笑っているあいだも、ナツミは口を閉じなかった。きっちりと並んだ下の歯列に囲まれて、舌が震え、びくびくと痙攣《けいれん》していた。舌は唾液《だえき》にまみれてかすかに光っていた。歯との境には、ときどき唾液の透明な泡立ちがあった。見下ろす喉《のど》の奥は暗く、底がないみたいだった。でも、これだってありえないことだ。喉の奥にあるのは、ナツミの身体の分だけの暗闇でしかない。

口が閉じた。

「ねえ、あーんしてよ」ナツミが小林の肘《ひじ》をつかみ、足首を上げ下げした。小林は口を開けた。ナツミほど思い切って開けることはできなかった。下顎《したあご》をだらしなく下げるだけの開け方だった。

小林は、ナツミが彼の口のなかを覗《のぞ》き込むものとばかり思っていた。けれど、違った。ナツミは彼の両肩をしっかりとつかむと、ぐっと下に引き寄せた。そして、小林の口に舌を突っ込み、小林の前歯から犬歯にかけてをひとつひとつ手早く舐め回した。彼は目を閉じなかったので、彼女も目を閉じず、かすかに眉根《まゆね》を寄せて左上のほうを見ているのがわかった。

「うん、やっぱりあるよ、虫歯」小林を解放して、ナツミは手の甲で口をぬぐった。「歯医者さんに行ったほうがいいね」

「あ、うん」小林が気の抜けた声を返すと、「あ、怖いの？ もしかして怖いの？ 歯医者さんが怖いの？」とナツミはうれしそうに叫んだ。

小林が十六歳の女の子とつきあうのは、ナツミで二人目だ。

一人目は、高校の同級生で、小林も十六歳だった。カスミという子だった。小林はほんとうに彼女が好きだったし、だいたいカスミのほうからつきあってほしいと言って来たくせに、あまり身体を触らせてくれなかったので、半年ほどであきらめて別れた。彼には、カスミがなにを考えているのかわからなかった。小林はまだ成長期を終えていなかったので、当時はカスミとさほど体格に差はなかった。カスミのそばにいると、彼女の体温が襲いかかってくるようだった。

今では彼もそこそこ大人になって、あのときほど切羽詰まってはいない。それに、ナツミは痩《や》せていてまだまるきり子どもの体つきだったから、正直たいして意欲的にはなれなかった。でも、恋人が特にいなくて、まわりにいる同年代の女の子たちのなかにたまたまタイミングの合う子がいないとき、いくつも掛け持ちしている家庭教師のアルバイト先で、いちばん清純そうで顔がけっこうかわいい子からメールで呼び出されて「先生、好きです」って言われたら、ちょっとつきあってみようという気になってもしかたがないだろうと小林は思う。これを逃したら、この先二度と十六歳の女の子と交際することはないだろうし。

ナツミとの交際は、ナツミの親や派遣元の会社には知られるわけにいかなかったが、大学の友人たちには言いふらした。携帯電話で撮ったナツミの写真を見せ、ふたりで撮ったプリクラを見せた。おかげで彼は、ときどきペドと呼ばれている。

彼らは「おい、ペド」と明るく肩を叩《たた》き、「お前、メールアドレスを pedo-kobayashi@xxx.ne.jp に変えろよ」とからかう。わざわざリーダーズを引いて「ペドフィリアの綴《つづ》りは pedophilia と paedophilia、どっちも正しいらしい。お前、どっちがいい？」と尋ねてくる者もあった。小林は、何と言われようと平気だった。先方から告白されたということは、小林がその少女にとって憧《あこが》れの存在であるということであり、その動かしがたい事実に、友人たちは少なからず打ちのめされているようだった。だから、どんな罵詈《ばり》雑言も笑いながらかわすことができた。

すべては、今だけのことだった。ナツミと小林は五歳しか離れていなかった。年の差が五歳のカップルなんてそこらじゅうにいる。あと五年も経てば、誰も問題にしなくなるだろう。ナツミも若いが、結局自分もまだとても若いのだ。そう思うと、どことなく満たされた気持ちになった。小林は先のことなんて考えていなかった。ただ、ナツミにねだられるままにメールを交わし、日時を決めて待ち合わせ、映画を見たり、プリクラを撮ったり、単に歩いたり、ファミレスやカフェで食事をしたりした。

この日は、買い物だった。

「もうすぐママの誕生日なんだ」とナツミは言った。「プレゼントを選ぶの、手伝って」

日曜日だった。ナツミは、デパートやお気に入りの雑貨店に小林を連れ回した。小林から見れば、それらの店にはナツミのわずかな予算に見合う品がいくつもあった。けれど、ナツミは気に入らなかった。ハンカチも、キーホルダーも、マグカップも、ペンも、ぬいぐるみも、キャンドルも、ブックカバーもだめだった。ナツミの母親は、髪が短くて顔の細い女だった。ナツミに告白される前から、小林はナツミの母親にさほど注意を払ったことがなかった。つきあうことを承諾してからは、できるだけ彼女に注意を払わないようにしてきた。ナツミの一家が住んでいるマンションでは、ナツミの私室へ行くには居間を通り抜けなければならなかったが、居間はいつもきれいに片付いていた。ごくまれにその食卓で、ナツミの父親が夕食を摂《と》っていた。

「こんなのは？」と小林は小さな紅茶の缶を手に取った。缶には、天使の絵が描かれていた。

「だめ、だめだめ」とナツミは言った。「絶対だめ。だって飲んだらなくなっちゃう」

「去年は、なにをあげたの」

「去年は、あげてない。なにがほしいって聞いたら、ママはなっちゃんがいればそれでじゅうぶんって言ったから。でも、今年はあげたいの」

小林は、年上らしく退屈を押し隠して微笑んだ。

「ナツミのあげるものなら、なんでも喜んでくれると思うよ」

「そうだけど、だめ。なくならなくて、ママが持ってなくて、特別なものをあげたいの」

ナツミは夕飯までには帰らなくてはならなかった。でも、まだ昼を過ぎたばかりだった。小林は疲れを感じた。ナツミは、問題集に向かうときより真剣な、いっそ鬼気迫る表情で砂時計をひっくりかえしていた。砂の色はミントグリーンだった。そんなものはどこにでもあるじゃないか、と小林は思った。

ちょっと外の空気を吸いたいから、と言って、小林はナツミを店から連れ出した。どこでもいいから、小さくてカラフルで安価なものが押し寄せてこないところに行きたかった。小林は、デパートの裏でからまる狭い路地を選んで歩いた。見上げれば空は晴れていたが、路地はじっとりと影に覆われていた。それらの路地には、住宅や、まだ開店していない居酒屋や、シャッターの閉まった店舗が面していた。彼ら以外にそこを歩く人はほとんどいなかった。小林はナツミの薄っぺらな手を握っていた。ノートや教科書の感触に似ていた。

小林は立ち止まり、ナツミに向き直って、キスをした。するともう、ナツミは母親への誕生日プレゼントを忘れたようだった。

「虫歯の味がする」と彼女は断じ、「歯医者さんに行ったほうがいいね」と言い渡し、

「怖いの？」とはしゃいだ。

「いや、べつに……」と小林はつぶやいた。

「じゃあさ、今から歯医者さんに行こう」ナツミは小林の手を両手でつかみ、かかとで立って体重をうしろにかけ、引っ張った。

「でもお母さんの誕生日プレゼントは？」

「えっと、それは、まあいいや、またあとで」いっそう強く手を引かれ、小林はよろめいた。


小林には、かかりつけの歯科医院がなかった。一人暮らしをするようになってから、歯医者に行ったことがなかった。ナツミは、しかし、そんなことは聞きもしなかった。

小林は、ナツミが定期的に通っているという歯医者にまっすぐに連れて行かれた。

「歯はねえ、大事なんだよ。異常がないと思っても、ときどきは歯医者さんに見てもらわなきゃ」

ナツミは少し興奮しているようだった。地下鉄のなかで、何度も「怖がらなくてもだいじょうぶだよ、先生」と言った。その声は、電車の走行音の層にすっと切り傷をつくって小林の耳に入り込んだ。歯医者へ行くのは怖くなかった。特別なものなんて絶対にない場所でしらみつぶしに特別なものを探しまわるより、寝そべって口を開いているほうがましだという気になっていた。ナツミを処女だと思い込んでいたのは、まちがいなのだろうかと小林は思った。それでいて、さっきのナツミの行動には、やっていることとは裏腹に、いっさい性的な意味合いを感じ取ることができなかった。歯に、ナツミの舌の感触が残っていた。ナツミは舌をいっぱいに伸ばして、できるだけたくさんの歯に触れようとしていた。けれど一番手前の臼歯《きゅうし》をかすめた程度で、奥の方まではとても届かなかった。間近で彼女の目元の皮膚がごくわずかにひきつり、これ以上は無理だと判断したのがわかった。これほどまでに瞬間的に相手の考えていることを把握したことはなかった。でも、それなのに、その奥でナツミが意図していることはさっぱりわからないのだった。

歯科診療所は、オフィス街のビルの一室にあった。エレベーターの戸が開き、老人の皮膚のように黄ばんだ廊下があらわれた。そこに並ぶドアのほとんどは何の装飾もなかったが、ひとつだけ、アンパンマンのポスターの貼られたドアがあった。脇に折りたたみのスツールが出してあり、巨大なスヌーピーのぬいぐるみが腰掛けるかたちで置かれていた。ドアノブには、さらにてのひらサイズのスヌーピーのぬいぐるみがぶらさがっていた。小児歯科だった。

「ここだよ」とナツミがドアを押し開いた。

「あら、ナツミちゃん」受付から、中年女性の晴れ晴れとした呼びかけがあった。

小林は、ベビーピンクのソファに座らされた。待合室の壁には、「歯をみがこう」という文言が、色画用紙を丸くくりぬいたなかに一文字ずつ書き込まれて貼り付けられていた。小林の膝《ひざ》ほどの高さもない一段だけの本棚には、絵本しかなかった。鼻のもげたアンパンマンと、角が片一方取れかかってぶらさがっているばいきんまんのぬいぐるみがあった。診察室から、機械音と子どものしゃくりあげるような泣き声が聞こえていた。

「だいじょうぶだいじょうぶ、もう終わるよー」となだめる男性の声が混じった。

ナツミは、受付に肘《ひじ》を載せてもたれかかり、窓口のなかにいる女性と親しげに会話をしていた。

「あらあ、ナツミちゃんの家庭教師の先生なの？」女性が小林の保険証を手にして、身を乗り出した。小林は、書き込んでいる最中の問診票から顔を上げ、愛想笑いをつくって会釈をした。ナツミは、女性になにかを耳打ちした。女性は驚いた顔をし、それからまたうれしそうに笑った。それから身を翻してうしろを向き、「先生、ナツミちゃんの彼氏だって」と大声を出した。

「彼氏ができたのか。あー、ナツミちゃんの彼氏ならしょうがないなあ」機械音がやみ、子どもはまだ泣いているようだったが、中年男性が診察室から顔だけを覗《のぞ》かせた。

ソファと同じ色のナース服を着た若い歯科助手が素早く歩いて来て、小林に歯ブラシを手渡しながら、診察室の手前にある横長の低い洗面台へ行くよう促した。

「これでお口をきれいにしておいてくださいね。お口をゆすぐときは、こちらで」

ナツミが、跳ねるようにあとをついてきた。

「絶対あるよ、虫歯」ナツミはささやいた。小林にしか聞こえないくらいの小さな声だった。

顔を真っ赤にして涙をにじませる子どもが母親に抱かれて帰って行くと、患者は小林だけになった。診療所のスタッフは、歯科医師とその妻らしき受付の女性、それから小林とさほど年の変わらない歯科助手の三人で全部だった。

「うちではね、ナツミちゃんをこんなちっちゃいときから診てるんだよ」医療用のユニットチェアに寝そべった小林を見下ろして、医師が言った。こんな、と言ったのに合わせて手で幼児の背丈をあらわしたらしかったが、小林には見えなかった。

「だからね、ほんとはもうふつうの歯科医院に行ってもらうところなんだけど、なっちゃんは特別」

「私が結婚するまでは診てくれるんだよね」洗面台の前のベンチに座ったナツミが楽しげに叫んだ。

「このごろはお母さんはどう？　元気？」医師は、小林の舌をミラーで押した。

「うん、元気ィー」

「そうかそうか、よかった」

「ねえ、よかったねえ」医師の妻が口を挟んだ。受付の裏は、すぐ診察室とつながっているのだった。彼女が微笑みながら近付いてきて、小林と目が合うとゆっくりとうなずいた。手にはまだ彼の保険証を持っていた。

ミラーは、小林の記憶しているのと同じ冷たさで、同じ味だった。

虫歯はあった。

「左上の第三大臼歯とその隣の第二大臼歯。ここの歯間によくものが詰まるんじゃないですか？　その食べかすを除去しきれなくて、虫歯になったんだな。第三大臼歯っていうのは、親知らずのこと。わかる？　きみは、左下には親知らずが生えていない。つまり、上のこの歯と嚙《か》み合わせる歯がない。別にそのこと自体は問題じゃないんだけど、受ける歯がないせいで、だんだん上の親知らずが脱落して来たんだな。わかる？　下がって来てるんだよ、親知らずが。それで、隣の第二大臼歯と高低差ができて、ものが詰まりやすくなったというわけ」

小林は、仰向《あおむ》けに寝そべったまま、医師の説明を聞いていた。いつのまにかナツミがやってきて、小林の枕元に両腕を重ねてもたれかかっていた。彼女は目を大きく開き、憧《あこが》れの人を見上げるように医師を見上げていた。

「でも、別に痛くないんですけど」と小林は言った。

「そのうち痛くなってくるよ」医師はあっさりと返した。

「ね、抜いたほうがいいんじゃない？」勢い込んでナツミが割って入った。

「えっ？　そんな」

「いや」医師は小林に口を開けるよう指示し、ミラーをぐっと頰の内側に当てた。

「この、左上の親知らずは抜いてしまったほうがいい。虫歯はこの第三大臼歯と第二大臼歯の両方の接触面にできている。今回治療をしてよくなっても、またここに食べかすが詰まっておんなじことの繰り返しだ。もともと、下に嚙み合わせる歯もないし、この親知らずはあってもなくてもどっちでもいい歯なんだし、これがあるせいで今後大切な第二大臼歯を失うリスクがあるってことを考えたら、歯科医としては抜歯をおすすめしますよ」

「抜いてもらいなよ」とナツミが小林の顔を覗き込んだ。ナツミは、じっと小林の口元を見ていた。ミントグリーンの砂が仕込まれた砂時計を見ていたのとまったく同じ真剣な表情だった。

「まあ、今すぐ決めなくてもいいよ」医師は器具をトレイに置いた。「早いほうがいいけどね。心が決まったら、うちに来てくれたらうちで抜くし、ふつうの、大人用の歯医者がよかったら紹介します」

　小林は、身を起こそうとした。たしかに、指摘された箇所には、ここ一年ほど妙にものが詰まりやすくなっていた。肉の筋や、野菜の細長い茎や繊維がぎっしりと挟まって、はみ出した分が口のなかで垂れ下がっていることもあった。肩に手がかかった。ナツミだった。ナツミは、強《こわ》ばった手でそっと小林をユニットチェアに押し戻した。

「ここで抜いてもらって。今」と、彼女は言った。

「え、今？」小林はナツミを見上げたが、目は合わなかった。彼はむなしく彼女の伏せられた睫毛《まつげ》を見た。

「いいでしょ、先生」ナツミは振り返りもせず、小林の口元に目を留めたまま、背後で器具を触っている医師に言った。

「おーい、予約、次、何時だ?」医師が受付に呼びかけ、受付から返事があった。

医師はナツミのすぐ隣に立ち、小林の顔を見下ろした。

「今からやってもいいよ。きれいに生えてるから、抜くのはかんたんだ」

「うちの先生は、抜歯がとても上手ですよ」また医師の妻が顔を見せた。

「怖いの?」ナツミはうっすらと笑いを浮かべた。

「まあそうだな、15分くらいで済むよ」と医師が言った。

あの、自分と年の変わらない歯科助手はどこにいるのだろうと小林は思った。たいして美人ではなかったが、化粧や髪型の端々に、自分をかわいく見せようとする努力のあとがきちんと見える子だった。あの子はどんな私服を着ているのだろう。小林は、あんな子とつきあいたかった。

医師の抜歯の腕は、たしかだった。麻酔のあと、しばらくして医師が小林の開けた口にかがみこむようにして器具を動かした。鈍った感覚で、小林はてっきり、医師が奥歯のかたちを確かめ、薬を塗るかなにかしているのだと思い込んだ。しかし、それが抜歯だった。

「はい、終わり。はい、うがいして」と医師は言った。身を起こして口をゆすぐと、血の色の透ける水が出た。それを見てはじめて、口のなかいっぱいに血の味とにおいが充満していることに気付いた。

医師は、洗った歯を銀のトレイに載せて小林に差し出した。

「ほら、ここが虫歯」先の尖《とが》った器具が、歯の黒ずんだ部分をつついた。エナメル質に覆われてつるつると光る部分は、歯の全体の上四分の一ほどでしかなかった。虫歯は、歯肉に埋まる間際の部分、エナメル質の途切れる境界のあたりにあった。焼けこげに似たその部分は、表面が割れて少し陥没していた。

待合室で会計を待つあいだ、ナツミはぴったりと小林の隣に座っていた。歯科助手の姿は、どこにもなかった。ナツミが黙っているので、小林が小声で言った。

「奥歯だった」

ナツミは上目遣いで小林を見た。

「それがどうしたの」

「それに」

「小林さん」受付から医師の妻が朗らかに叫んだ。

会計は、二千三百円ほどだった。医師の妻は、釣り銭を渡すトレイに、痛み止めの錠剤と千代紙でつくられた小さなポチ袋を載せてよこした。

「歯です」と医師の妻は言った。「うちでは、抜いた歯は患者さんにお渡ししてるんですよ。ね、ナツミちゃん」

小林が振り返ると、すぐうしろにナツミが立っていた。

「ナツミちゃんの乳歯も、タイヨウくんの乳歯もこうやってポチ袋に入れてあげたよね。まだ持ってる？」と医師の妻が言った。

「持ってる」とナツミは言った。

駅まで歩くあいだに、小林には、いくつも質問しなければならないことがあるような気がした。小林は、はっきりしているものから頭の中で優先順位をつけはじめたけれど、ナツミのほうが早かった。

「タイヨウっていうのは、お兄ちゃん」聞かれないうちから、ナツミが言った。「死んだお兄ちゃん」

するともうそれだけで、小林の頭のはたらきが鈍った。

「……お兄ちゃんがいたのか」

「うん」

「えっと……」と小林は手を上着のポケットに入れた。右のポケットは空だったが、左のポケットには、さっきもらった薬と歯が、家の鍵《かぎ》やミンティアなんかといっしょに入っていた。左の小指に、ざらつく紙の感触があった。千代紙のポチ袋だった。

「お兄ちゃんのことなら、遠慮しなくていいよ」ナツミが小林の右肘《みぎひじ》に手を掛けた。「私が七歳のときに死んじゃったから、あんまりおぼえてないし。年も離れてたから、あんまり遊んでくれなかったし」

「そうか。え、で、えっと……」

「あんまり知らないんだけど、友達の家に泊まりに行って、そこで火事で死んじゃった」ナツミはつまらなそうに言った。「おかげで、こっちまでいまだにお泊まり禁止なんだよ。なっちゃんまで髪の毛も残らないなんてことになったら、今度こそママ死んじゃうって。勘弁してほしいよ、もう」

日はまだ高かった。小林はなにか慰めのことばを言おうとした。そして、ほかに聞きたいと思っていることを聞こうともした。どちらも、なかなか頭のなかで言葉を結ばなかった。小林は、舌で抜歯のあとに触れた。ごっそりとえぐれた穴には、まだ血のぬめりがあった。痛みはなかった。

「そういえばさ、お薬を待ってるとき、なにを言おうとしたの」とナツミが尋ねた。

「え、あれ、なんだっけ」と小林は言った。

駅の階段を降りている最中に、やっと小林は思い出した。

「ああそうだ、なんで彼氏ってバラしたんだよって言おうとしたんだった。あのおばさんからナツミのお母さんに伝わるかもしれないだろ」

「だいじょうぶ、うちのママはもうずっとあそこには行ってないし」

ナツミは、二段ほど小走りで階段を下り、さっと小林の左側にまわった。

「それにね、もしバレてもだいじょうぶな気がするなあ。だってママさ、先生が来るのいつも楽しみにしてるんだよ。お兄ちゃんが生きてれば、あんなに大きくなってたのねって。お兄ちゃん、死んだときまだちっちゃかったし、今は乳歯しか残ってないから、あ、先生さ、乳歯って見たことある？　先生は乳歯残してる？」

「いや」と小林は言った。ナツミの母親は、ほかの生徒の母親と比べて、とくに小林を歓迎しているふうではなかった。言葉遣いを崩し、まるで子どもの友達に対するようになれなれしく話しかけ、ときにタッパーに詰めた手料理を渡そうとする母親もいたが、ナツミの母親はそうではなかった。いつも、はじめて会ったときのように礼儀正しく、控え目で、無駄口はたたかなかった。

ナツミは、小林の左腕をポケットから引っ張り出した。指先をぎゅっと握り、それから小林の小指の爪を指の腹で撫《な》でた。

「乳歯ってねえ、私の小指の爪より小さいよ。おんなじくらいのもあるけど。それでも奥歯なんかはまだましなんだけど、前歯とかって薄くって細くって歯かどうかもよくわかんないくらい。で、あんまりいじってると、すぐに欠けたり割れたりしちゃうの。ねえ、あれって、口ん中でもそうなのかな。それとも、抜け落ちて死んだ歯だからもろいの？ ていうか、そもそも歯って死ぬのかな？ 死ぬとしたら、もともとは生きてたの？ 先生知ってる？」

地下鉄の車内は、とても混んでいた。ふたりは、手すりにもつり革にも届かない中途半端な場所で、ほかの乗客たちと衣服をこすり合わせながら立った。小林の左肩のとなりに、うつむいたナツミのつむじがあった。

「薬がつぶれる」と言って、ナツミは小林のポケットをかばうように立った。

「つぶれないよ」と小林は言った。

ときどき地下鉄が揺れて、ナツミは小林の肘や脇腹に手をついた。小林は、ナツミの薄い肩に手を添えて身体を支えてやった。ナツミはずっとうつむいたままだった。

小林は、自分の抜け落ちた乳歯をどうしたかおぼえていなかった。

繁華街の駅に着いた。ドアへ向かう乗客たちの流れに乗って、小林はナツミの二の腕を引いた。しかし、ナツミは動かなかった。ナツミは脚をこころもち広げ、踏ん張って立っていた。ほかの乗客に軽くぶつかられても、ほとんど動かなかった。

「私、今日はこのまま帰る」とナツミは微笑んだ。

「お母さんのプレゼントは」小林がぼんやりと尋ねた。

「先生、帰ったほうがいいよ。歯の抜いたとこ、じき痛くなるよ」ナツミは自信たっぷりだった。

数駅あとにナツミが降りてしまってから、抜歯の痕《あと》が痛み出した。痛みは、脈打つごとに大きくなった。頭が急速にはっきりしてきて、絶望的なほどの喪失感がやってきた。人殺しをする夢を見て目が覚めたとき、まだそれが夢だとは気付いていないときと同じくらい、心臓が強く収縮した。自分は歯をひとつ失ったのだ。朝起きたときには、今日、身体の一部を失うなんて思いもしなかった。もしかしたら、失わなくてもいい歯だったのではないか。虫歯だと指された箇所に損傷があったように見えたのはほんとうだったのだろうか。

小林は、ぎこちない手つきでポケットから薬の袋を出し、鎮痛剤を一錠、唾液《だえき》とともに飲み込んだ。それから、歯を見るためにもう一度ポケットに手を入れた。しかし、千代紙の毛羽立った感触はいくら探ってもあらわれなかった。小林は、薬袋のなかを確認し、左のポケットから鍵とミンティアと傷だらけの乗車カードを出し、からっぽになったポケットにあらためて手を突っ込んだが、指と爪のあいだに糸くずのまるまったようなゴミや、ぱりぱりに割れて粉になった枯れ葉のようなゴミが付着しただけだった。歯は、どこにもなかった。小林は、舌の先を痛みつづける穴にねじ込み、自分の血をすすった。

狼

狼が訪ねて来たのは五歳のときで、両親とともに郊外のマンションに引っ越した日のことだ。

それまでは、街中のマンションに住んでいた。高架線路脇のマンションだ。線路はベランダとほぼ同じ高さで、電車はリビングめがけて走って来ては、ぎりぎりでかわして去って行くように見えた。電車の音はとてもよく聞こえたが、母はかまわずによく窓を開け放していた。そうすると、聞こえるのは電車の音だけではなかった。踏切の音、車の音、ドラッグストアが店内でかけている音楽、登下校中の子どもたちの奇声、そういったものが、いつも部屋に飛び込んで来ては漂っていた。

夜が更けて電車も車も通らなくなり、ドラッグストアがシャッターを下ろすと、今度はカラオケ店から客の歌声がかすかに、だがはっきりと聞こえてきた。バックミュージックはほとんど聞き取れず、届くのは調子の外れた歌声ばかりで、しかもその歌声はいつも似たような、鼻にかかった高い男の声だった。ときどき、隣の布団で母が声を殺して笑った。すると反対側で、父も布団を震わせて笑った。あのころは、三人が布団を並べて寝ていた。カラオケ店が閉まる時間には、大人の奇声で目を覚ますことが何度かあった。明け方近い深夜、すぐ前の道で発せられる奇声は、ほかの騒音とはくらべものにならないくらい明瞭《めいりょう》だった。それは笑い声のようであり、怒号のようでもあった。悲鳴だと言われれば、そう聞こえたかもしれない。俺が目を覚ますと、何も言わないのに母も目を覚ましていた。そして、「また酔っぱらいがいるね」と平静に正体を教えてくれた。

　母は俺が怖がっていると思っていたようだが、俺は少しも怖くなかった。酔っぱらいたちの意味をなさない声は誰に向けられたものでもなかったし、ましてや俺を名指しするものでもなかったからだ。酔っぱらいたちは、彼らの数メートル頭上で眠っている俺のことを知りもせず、好き勝手に叫んでいた。彼らの奇声は、昼間の騒音と同じくらい匿名的だった。それでいて、それらは特定の個人から発せられたものだということを強く感じさせた。もちろん俺は幼児だったから、こんなふうにものを考えたわけではなかった。ただ奇声を聞きながら、マンションの鉄骨が失《う》せ、畳敷きの床も両隣の両親も、自分の体を挟んでいる布団も失せ、真っ黒な道に立って叫ぶ知らない男とあおむけに横たわったまま宙に浮く自分の姿を思い浮かべているだけだった。視線を交わすこともなくそれぞれがぽつんとあるその光景に、俺は少し興奮した。同時にまた、途方もなく安らいだ。だから俺は怖くなかった。俺は、いつかひとりで外に出て行くときを、楽しみに待っていたんだと思う。

怖いのは、狼だった。狼は、俺を目指してやってくるから。

これは幼稚園で学んだことだ。俺は、「赤ずきん」「狼と七匹の子山羊」「三匹の子豚」の絵本を愛読していた。どれも、狼が訪ねて来てか弱い者が食い殺される話だ。俺は当時は小さくてか弱かった。狼を恐れてとうぜんだと思う。

母は笑いころげ、父にまで告げ口をした。

「狼なんて来ないよ。あれはぜんぶ外国のおはなしでしょ」

俺は納得しなかった。母は、しょっちゅう失敗をしていた。ソースをこぼし、電子レンジのなかで野菜を爆発させ、掃除機のコードを花瓶にひっかけて割った。俺の幼稚園のスモックを洗濯し忘れ、父のシャツのボタンを付け直したあとの針を床に落として見失った。だから、狼も来ないとはかぎらなかった。日本にいないのであれば、外国から海を渡って来るかもしれなかった。

俺は用心をおこたらなかった。母は俺ひとりを置いてでかけるときには、いつも「ピンポンが鳴ってもドアを開けちゃだめよ」と言い聞かせたが、そんなことは言われるまでもなかった。俺は、決して狼をこの部屋に入れるものかという気概で留守番に当たった。母は、来るとしたらそれは狼ではなく「変な人」だと言った。変な人というのは、泥棒や誘拐犯のことだ。

「多分ね、おとぎばなしの狼も、そういう変な人のメタファーだと思うよ」と母は感慨深げに言った。俺には意味がわからなかった。今でもわからない。狼は、狼だ。大食らいで凶暴な獣だ。牙《きば》があって全身が灰色と茶色の混ざったような色の薄汚れた毛に覆われている。

でも、あの街中のマンションでは、狼も変な人も訪ねて来ることはなかった。母の外出はごく短い時間だったし、加えて、ここは街中だからだ、と俺は思っていた。狼は山か森にいると決まっている。山や森から来るには、ここはずいぶん遠いのだろうと。

だから、引っ越し先に連れられて行った日、俺を乗せた車が街を離れて四角くて平べったくて巨大なスーパーや本屋が片付け損ねたブロックみたいに点在する道路を抜け、田んぼや畑ばかりが目立つ地域に入っていったとき、俺は緊張のあまり無口になった。対照的に、両親は上機嫌だった。車は父が新しく買った中古車で、家族の車を持つのはあれがはじめてだった。マンションは、そんななかにぽつんと開かれた小さな新興住宅地のはずれにあった。しかも、三方を山に囲まれていた。山々は微妙にピンクがかっていて、そこだけ画素数の低い画像のようだった。俺は覚悟を決めた。狼はいずれ来る。ここなら、絶対に来る。俺を食い殺しに来る。

その悲壮な覚悟を思い出したのは、両親が俺を置いて買い物にでかけてしまってからだった。

俺は、マンションのエントランスを入ってすぐに狼のことを失念した。無理もない。だってたった五歳の子どもだ。新しく住む部屋は十二階で、それまでのマンションの床はカーペットと畳敷きだったのに、全部屋フローリングだった。ベランダに出ると、付近にこのマンションよりも高い建物はなく、民家や田畑が一望できた。そこへ、引っ越しの業者や電器店の運送業者が入れ替わり立ち替わりやってきて、毛布にくるまれた家具や家電、荷物の詰まったダンボール箱を運び込んだので、俺は居ても立ってもいられなくなった。業者の足許《あしもと》や荷物の隙間を縫うようにして走り、家具を置くべき場所に先回りしては追い払われ、封のされたダンボール箱によじのぼり、空いたダンボール箱があれば中に入り、彼らが一人残らず帰ってしまうころには口も利けなくなっていたが、それは緊張のせいではなくくたびれ果てたせいだった。

俺は、いちばん大きなダンボール箱に入っていた。長方形をしたそのダンボール箱は、俺が膝《ひざ》を抱えて座るとぴったりだった。背中も、二の腕もふくらはぎの外側もダンボールに密着させて、俺はうつらうつらした。両親が笑っているのが聞こえた。武《たけ》志《し》はこうやって配送すればよかった、と父が言った。目を閉じているのに、目の前が少し明るくなったり暗くなったりした。父か母が、開いていたダンボール箱の上部を、ぱたぱたと閉じたりまた開けたりしているのだった。

「ガムテープで梱包《こんぽう》しようか」と父が楽しげに言った。

「もう、お父さんは。武志、お母さんたちちょっと夕ご飯買いに行くけど」と母が覗《のぞ》きこんだ。

俺は母の顔を見上げようとしたが、うまくいかなかった。頭が熱くて、ぐらぐらした。まぶたも開かなかった。俺はがっくりと額を膝につけた。

「武志は無理ね」と母が言った。

「すぐ帰るからな、そこで待ってなさい」父が言い、ふたりが遠ざかった。

鉄製の重い玄関ドアが閉まり、しゃりりと鍵《かぎ》がかかると、部屋はしずかになった。とてもしずかだった。経験したことのないしずけさだ。聞くものがなくて、俺は自分の呼吸音を聞いた。肘《ひじ》を動かして、皮膚とダンボールの表面のこすれる音を聞いた。

俺はもう少し大きな呼吸音を立てようとして、「うー」とうなった。よだれが垂れた。とつぜん、あんなに眠かったのに、もうまったく眠くなくなっていることに気付いた。俺は顔を上げ、ダンボール箱から立ち上がろうとした。温《ぬく》もっていない空気がさっと顔面に触れた。肩の触れているダンボール箱の一辺が、めりめりとふくらんだ。箱ごと倒れそうになりながら、俺はなんとか立ち、箱から脱出した。

部屋は、片付いているとはいえなかった。正しい位置に置かれた家具や家電と、とりあえず置かれただけのダンボール箱や紙袋が、同じ強度で目に飛び込んできた。電気は点《つ》いていなかったが、暗くはなかった。カーテンが開け放されていて、焼けこげるようなオレンジ色の光が、フローリングとその上に乱立するものをねっとりと照らしていた。俺の背中も、そっくり同じに照らされていただろう。しずかだった。外を走る車の音くらいはしてもよさそうなものだった。

すると、インターホンが鳴った。前のマンションとは音程のちがうピンポンで、しかも轟音《ごうおん》だった。頭にねじこまれるような音だ。俺は膝をまっすぐに伸ばして立ったまま飛び上がりそうになり、壁にうろうろと視線をやってインターホンを探した。受話器式のインターホンは、すぐに見つかった。それは壁紙と同じくらい白かったが、訪問者が来たことを示す赤いランプがちかちかと点滅していた。針を刺したときに盛り上がる血ほどの、小さなランプだ。

俺は、そのランプを見つめたまま身を硬くしていた。インターホンは、それきり鳴らなかった。あとは、ランプの点滅が終わればすべて元通りだ。しかし、ランプはいつまでも点滅していた。ああいうものは一定の秒数が過ぎれば消えるはずなのに。俺はなにもなかったふりをしようとした。強《こわ》ばった手足をほぐすためその場でジャンプし、うしろを向いて西日を正面から受けた。それからまたくるりと方向を変えて、インターホンのほうを向いた。ランプは、まだ点滅していた。

俺はインターホンになにげなく近付いた。インターホンの位置は俺の背丈から見れば少し高すぎたが、設置されている壁のすぐ前に、ちょうど食卓の椅子があった。俺は椅子を少し壁に近づけ、座面に立った。インターホンのランプは、相変わらず点滅していた。壊れているのかもしれない、と俺は思った。俺はそっと受話器を外し、耳に当てた。ざら、ざら、とくぐもった音がした。俺はだまってその音を聞いた。何の音かわからなかった。音は、一定の速度で発生していた。しばらくして俺は、その音が俺の呼吸とまったくタイミングが一致していることに気付いた。それがドアの向こうにいる訪問者の呼吸音で、そしてまた相手も俺の呼吸に耳をすましているってことにも。

俺は息を止めた。相手が笑うのがわかった。見てもいないし、笑い声を立てたわけでもないのに、相手の呼吸のかすかな乱れでそれがわかった。

「武志くんですね」と訪問者が快活に言った。「よかった、おうちにいるはずだと思ったんですよ」

「だれですか」と俺は答えた。ふつうに話したつもりだったが、出た声は我ながら弱々しかった。

「ぼくは武志くんのお父さんとお母さんのおともだちです。引っ越しのお祝いに来たんですよ」訪問者は、ますます快活な口調で言った。「さきほど、下でお父さんとお母さんに会ったんです。おうちに武志くんがいるから、なかに入って待っててくださいってオートロックの自動ドアを通してくれたんですよ。ぼくはもう十二階の武志くんのおうちのドアの前にいます。だから開けてください、武志くん」

訪問者はよどみなく話したが、両親がそんな真似をするはずがなかった。それに言葉の切れ目に例のざら、ざら、という呼吸音が受話器のスピーカーを震わせるのも怪しかった。これは狼かもしれない。

俺は受話器を戻し、リビングのドアを開けた。短い廊下の先に、どす黒い玄関ドアがあった。俺は念のためにドアの覗き穴から訪問者の姿を確認しておこうと思った。

相手に気取られぬよう足音を忍ばせて廊下を歩いたが、一歩踏み出すたびに抱えている椅子の脚がフローリングを突いた。俺はタイル張りの玄関に、背もたれがドアにぴったりくっつくように椅子を置いた。そして、覗き穴を覗いた。

そこにいたのは、まちがいなく狼だった。ほら来た。やっぱり来た。


狼は後ろ脚で立ってのびあがり、前脚を俺が頬をくっつけているそのドアの外側と、インターホンのボタンのある壁にかけて身を支えていた。狼は左のほう、つまりインターホンのほうに向かって顔を傾けていた。口を開き、長い舌をだらりと垂らしていた。舌は、母が買ってくるパックの肉にそっくりだった。黄ばんだ牙《きば》を支える歯茎は、そのパックの肉をかちかちに冷凍したときの色をしていた。狼は俺が想像していたよりずっと大きかったが、みすぼらしくもあった。茶色とも灰色ともつかない毛はところどころでもつれ、ぼさぼさと固まって毛羽立ち、枯れ葉やまるめた銀紙や破れたチラシがからまっていた。それに、ずいぶん痩《や》せていた。顔が細長く、それ自体がナイフのようだった。

「うそつき！」俺は憎悪を込めて叫んだ。

狼ははっとこちらを見た。鼻先がさっと近付いて来て覗き穴が曇り、それが晴れると覗き穴は黄色っぽい目でいっぱいになっていた。狼が顔の片側をドアにくっつけんばかりにしてこちらを覗き込んでいるのだった。小さな点だった瞳孔《どうこう》がみるみる開き、覗き穴が瞳孔そのものみたいに真っ暗になった。

「なんのことですか、武志くん。それより早く開けてください」と狼は言った。

「狼のくせに」と俺は強気で言った。「ぜったいに開けないからな」

狼はまばたきをした。毛先が覗き窓のレンズを撫《な》でた。狼は顔を離し、覗き窓の左右に前脚をつき直した。

「武志くん、大人にそんな口の利き方をするもんじゃない」さっきまでとは打って変わって厳しい口調だった。「このことはお父さんとお母さんに報告する。きつく叱ってもらうといい。さあ、ドアを開けなさい」

俺は少しひるんだ。前に、幼稚園の先生に乱暴な口を利いて、母に叱られたことがあった。俺は悪気はなかったんだ。ただ幼稚園で流行《はや》っていてみんなが言ったから、俺も言った。それを、迎えに来た母がばっちり聞いていて、俺が泣いて謝っても無視し続けて、夜、帰って来た父に言いつけた。またあんなふうに怒られるんだろうか。

「武志くん」狼がゆっくりと話しかけた。今度は妙にやさしげだった。「武志くん、もし今すぐにこのドアを開けてくれたら、さっきのことはないしょにしておいてあげよう。お父さんとお母さんには、武志くんはとてもいい子でしたって言うことにするよ。だから開けなさい。ほら、開けなさい」

しかし、話している途中から、鉄製のつめたくてがっしりしたドアがかりかりと音を立てて震え出した。かすかな震えだったが、それはドア枠に伝わり、壁に伝わり、備え付けの下駄《げた》箱に伝わり、さっき置かれたばかりの傘立てに伝わり、俺が立っている椅子にも伝わってしんしんと繊細な音になった。まるでそこらじゅうに隠れている虫たちがいっせいに羽をこすりつけたような、美しいとさえもいえる音だった。

それに比べて、ドアのかりかりという音は野卑きわまりなかった。俺は、覗《のぞ》き穴を覗いた。口をだらしなく開けた狼が、両の前脚でしきりにドアを引っ掻《か》いていた。舌からは、白濁した唾液《だえき》が糸を引いて垂れ下がっていた。狼は首のあたりから頭部全体を使って呼吸していた。

「帰ってください」俺は丁寧に言った。狼に同情したのではなかった。さっきのことを言いつけられるか言いつけられないかは別として、万が一両親が帰って来たとき、目の前でよくない話し方をしているところだったら、やっぱり怒りを買うにちがいなかったからだ。俺は、自分のために、ふつうの大人の人に対するような接し方をすることにした。

「ドアは開けられません。森へ帰ってください」

「帰れないよ」狼が泣き声を出した。狼は、前脚を覗き穴に押しつけ、灰色の肉球を見せつけた。そこには血がにじんでいた。肉球がずれて、今度は爪の付け根が見えた。爪は俺の指ほどに長かったが、土とアスファルト塵《じん》で汚れ、何本かは根元に血が固まっていた。

「見てくれ武志くん。ここに来るのはとてもたいへんだったんだ。そりゃ以前のマンションよりはずっとましだけど、それでもやっぱりほんとうにたいへんだったんだ。もう爪も折れかかっている。痛いよ。とても帰れない」

狼はすすり泣いた。目から涙が出ているかどうかはわからなかった。狼は鼻をくすんくすんと鳴らし、前脚で目のあたりを何度もぬぐった。

「後ろ脚もこんな状態だ。いや、もっと悪い。きみに後ろ脚を見せたい。どうか中に入れて、ぼくを休ませてくれ。できれば、濡《ぬ》れたタオルで前脚と後ろ脚を拭《ふ》いてほしいな。いや、別にそんなことしなくたってかまわない。勝手にフローリングの隅っこで横になるよ。だからお願いだ。助けてくれ」

狼はべろべろと覗き穴を舐《な》めた。覗き穴が濡れて、そこから見える像にソフトフォーカスがかかった。

「ぼくはきみに会うために一生懸命ここまでやって来たんだ。喉《のど》もからからだし、お腹もぺこぺこだ。もう一歩だって歩けない。きみが開けてくれなかったら、ぼくはここで飢え死にしてしまう。きみのために来たのに、ものすごくがんばって走って、走れなくなってからも必死で歩いてなんとか辿《たど》り着いたっていうのに、きみは入れてくれないのか。それじゃあ、ぼくはなんのためにあんなに努力したっていうんだ？」

俺には狼の表情はまったく読めなかったが、声は悲痛だった。狼は、額や耳を覗き穴のすぐ下やすぐ横にこすりつけ、傷ついた前脚をこれ見よがしに舐め、しっぽで床を叩《たた》き、ときどき目と目のあいだに皺《しわ》を寄せて牙を歯肉ごと剝《む》き出しにした。

「ああ武志くん」狼がドアに上半身を投げかけたので、あたりの建具がいっせいに震えた。俺は驚いて椅子から飛び降りた。狼は、さっきより激しくドアを引っ掻き始めた。がりがりと爪が鉄を削る音のあいまに、狼の叫びが聞こえた。

「武志くん、きみの肉がやわらかいのはわかっているんだ。きみの喉はぼくの一噛《か》みで折れるだろう。溢《あふ》れ出た血は責任を持ってさいごの一滴まで飲み干すし、肉も内臓も食べ尽くすと約束する。骨に張り付いた血管もしゃぶり取る。だからどうか、武志くん、このドアを開けてくれ。きみは鍵《かぎ》を外すだけでいいんだ、それだけだ、簡単なことだろう?」

狼は何度も何度も体をドアに打ち付けて来た。俺は震えっぱなしのドアに、わななく指で苦労してドアチェーンをかけた。俺はドアチェーンをかけたり外したりするのは得意だった。前のマンションで狼対策にしょっちゅう練習していたからだ。俺は、椅子に蹴《け》つまずきながらあとずさった。このまま、部屋の奥へ走って戻って、ダンボール箱のなかに隠れようと思った。

しかしそのとき、エレベーターの開く音がした。ドアの音と震えがやんだ。俺は、勇気を振り絞って椅子に這《は》い上がり、覗き穴を覗いた。真正面に、それぞれ両手いっぱいにスーパーの袋をぶらさげた俺の両親がいた。狼は両親とドアのあいだで、ただの狼みたいに四つん這いになって両親を振り返っていた。

「お母さん、お母さん、お父さん!」俺は泣き叫び、ドアの鍵を外した。勢いよくドアを開けようとしたが、ドアチェーンがそれを阻んだ。ぴんと伸びたチェーンの衝撃で、全身にしびれが走った。

「武志、ドアを閉めなさい! あんたは中にいるの!」母が真っ白な顔をして鋭く叫んだ。俺は言われたとおりにして、覗き穴にとりすがった。

父と母が、狼を叩きのめしていた。ふたりはスーパーの袋を廊下に投げ出し、そこから大根や缶ビールなどを手当たり次第に摑《つか》んではそれで狼を打ち据えた。たちまち大根は折れ、缶ビールは滑って手を離れた。狼は腰を低くし、何度も飛びかかろうとしたが、父と母のほうが素早かった。彼らは、狼が飛びかかる前に、あるいは飛びかかろうと空中に躍り上がっているあいだに、長ネギをしならせ、ちぎれるまで狼を打った。父と母は、酢の瓶で、食用油の瓶で、二リットルのペットボトルで狼を殴り、五キロの米の袋を叩き付けた。インスタントコーヒーの瓶、ジャムの瓶、ドレッシングの瓶、りんご、トマト、まだ青くて食べごろでないアボカド、じゃがいも、ツナ缶、十二個入りの箱からわざわざ取り出した石鹸《せっけん》のひとつひとつを、至近距離から投げつけた。狼がほとんど無抵抗になっても、父と母は攻撃の手をゆるめなかった。スーパーの袋のなかにめぼしいものがなくなってしまうと、そこらに散らばっている瓶や野菜の残骸《ざんがい》を拾い、それを投げた。狼は腹を横にして倒れ、命乞《いのちご》いをするように前脚をふらふらと差し出したが、その前脚に母がかぼちゃ四分の一個を振り下ろした。かぼちゃは前脚ごと床にぶち当たって砕けた。前脚も砕けたようだった。覗き穴から見ても、どうもおかしな方向に曲がっていた。狼はびくびくと震え出し、開きっぱなしの口から大量の泡を吹いた。さいごに何度か体が跳ね上がるほど大きく痙攣《けいれん》すると、狼はそれきり動かなかった。目は開いたままで、まばたきもしなかった。狼は死んだ。

父と母は、汗でよごれた顔を見合わせて晴れ晴れと笑いかわした。このときまで、ふたりは無言だった。ふたりはあの暴力のいっさいを、一声もあげずにまっとうした。

「武志、武志、もうだいじょうぶよ」と母が軽やかに声をかけた。俺はしゃくりあげながらチェーンを外し、鍵を外した。ドアの向こうでは、中腰の母が腕を広げて待っていた。俺は、母の胸に顔を押し付けて泣いた。母は俺を抱き上げた。

「よいしょっと」母は腰を突き出して俺の尻《しり》を支えた。そんなふうに母に抱きかかえられるのは久しぶりだった。

「重いなあ」母は靴を足で踏みつけて脱ぎ、よろめきながら奥の居間まで行って俺を下ろした。閉まって行くドアの隙間から、父が共用廊下に散乱した買い物を拾い集めているのが見えた。

母は、ダンボール箱からゴミ袋を出した。また玄関に向かう母を、俺は涙をてのひらでぬぐいながら追った。

父と母は、共用廊下をきれいに片付けると、狼をむりやりゴミ袋に押し込んだ。死んでからまだほんの少ししか経っていないのに、狼の体積は減少したように見えた。身や毛から水分と油分が失われ、ただ長々とした汚い毛束となってしまっていた。それでも、四十五リットルのゴミ袋には到底入り切るはずもなかった。だが、父と母はやってのけた。母がゴミ袋の口を開け、父がそこへ角度を変えながら数度押すと、狼はすっかり入ってしまった。狼でいっぱいになったゴミ袋を、父と母は苦労して結んだ。父は、そのゴミ袋と、だめになった食品を詰めたもう一つのゴミ袋を両手にひとつずつ持ち、エレベーターに乗った。

「ここのマンションは毎日ゴミを出せるんだ。便利だろう」と得意げに話す父の顔を、エレベーターの扉がさえぎった。

母は残ったスーパーの袋を取り上げ、「いやだ、卵が割れちゃった」と言った。

その夜は、結局宅配ピザを取った。父と母の顔は、新しい住まいへ引っ越した興奮に加え、息子を守り切った充実感と誇りでまぶしく輝いていた。ふたりとも疲れてはいたがよく食べ、よく飲んだ。俺はほとんど食べられなかった。父と母は、俺がドアを開けなかったことを褒めた。偉かったと口々に言い、頭を撫《な》でた。けれど、俺は果たしてほんとうにそうだろうかと思い始めていた。狼は俺の名を呼び、「ぼくはきみに会うために一生懸命ここまでやって来たんだ」と言った。「きみのために来たのに、ものすごくがんばって走って、走れなくなってからも必死で歩いてなんとか辿り着いたっていうのに」と言った。俺は狼の舌から垂れる濁ったよだれと、狼の前脚の爪を思い出した。出血して根元からぐらぐらになっていた爪を。俺は、俺が、あの狼と戦うべきではなかったか。ドアを開け、椅子を倒し、靴を投げつけ、家具によじ上りダンボールの上を飛んで走り、俺自身があの狼を打ち倒すべきだったのではないか。俺は、狼の牙《きば》を思い出した。黄ばんでいたが、牙はさすがに立派だった。口の中にびっしり並んだ粒ぞろいの牙。俺は小さくてひ弱な五歳児だった。とても無理だ。あっというまに腹を割かれ、臓物を引きずり出されて骨までしゃぶられてしまう。

俺はそれからずっと、自分の選択が正しくなかったのではないかと恐れたり、正しかったのだと安堵《あんど》したりしている。たとえどんな重傷を負うことになったとしても、俺は命を賭《か》けて俺の手で俺のための狼をしとめなければならなかったのではないか。でももしそんなことをしたら、俺は今、生きていなかったかもしれない。生きていたとしても、健康そのものの体で楽しく過ごす日々はなかったかもしれない。しかし、自分で勝ち得たものではないそんな人生になんの意味があるのだろうか。とはいえ、なにごとも体が資本だ。体がなければはじまらない。親が守ってくれた体のどこに不満があるというのか。それに、親が小さな子どもを守るのは当然のことじゃないか。けれど、俺はドアを開けず、怯《おび》えて震えていた。挑戦さえしなかった。俺のためにやって来た敵に触れさせず、俺のほうからも指一本触れなかった。俺は逃げたんだ……。堂々巡りだ。答えは出ない。ただ、いつもなにかが欠けているように感じていることだけはたしかだった。俺は手に入れなければならないものをうっかり手に入れ損なったんだ、という実感があった。

俺は、再び狼が俺を目指して訪ねて来る日のために、強い男になろうと決めた。小学校では柔道を習い、中学からはラグビー部に入った。腹筋を鍛え、背筋を鍛え、走り込んだ。俺の背丈は伸び、体重は増えた。高校に入学するころには、俺はクラスで二番目くらいに大柄な体格を手に入れた。俺は似たような体格の奴らと泥だらけになりながら校庭でボールを追い、奪い合った。俺はベンチプレスで八十キロを上げられるようになった。俺はたいていの奴よりはやや運動神経がよかったが、それでもとくべつな才能が花開くことはなかった。大学では、体育会系の本格的なラグビー部ではなく、サークルのほうに入った。でも、それでじゅうぶんだった。友達は、みんな俺をたくましくて力の強い男と見なした。宴会で女の子をおんぶしたり、抱き上げてやったりすると、彼女たちは悲鳴を上げて喜んだ。もっとやってとせがむ子もめずらしくなかった。俺は毎日腕立て伏せをし、腹筋をした。女の子たちに頼まれて露出狂の出没する路地へ行き、そいつの腕をねじりあげて警察に突き出した。俺の父は太り気味の中年男になった。体重だけはあるようだが、腕力や持久力、体力はもはや衰えるばかりだ。といっても、もともと父はたいした肉体をしていなかった。父が若いとき、今の俺ほど若くはないにしても狼を叩《たた》き殺すことができるほど若かったときでさえ、父の腕は俺よりずっと細く、肩も胸も薄かった。母なんか問題にならない。今の俺なら、母を肩車してあのマンションの非常階段を一階から十二階まで上がれるだろう。俺は、そうやって狼の再訪に備えた。俺の血と肉を求め、俺のためにはるばるやってくる狼を、今度こそ俺がこの手で殺す。そうすれば、俺の人生はようやっと俺のものになる。

俺は大学を卒業すると、一般に名が知られているわけではないが一部上場している企業に採用されて営業部に配属された。俺の頑健な体と、頼もしい見かけと、スポーツで培った積極性が評価されたのだ。俺はすぐに、同期の事務職の女の子と恋に落ちた。彼女は細くて背も低く、童顔で、よく生地の薄いスカートを穿《は》いており、守ってあげなければならないと思わせるタイプの子だ。性格は明るいが、運動はどちらかというと苦手だと言う。腹筋はまともにできないし、懸垂なんか肘《ひじ》がぴくりと動くだけだ。趣味は服を買うことと読書で、それも持ち歩くとき重いからと言って文庫本しか買わない。女の子らしい、かわいらしい子だった。それに、料理がまあまあ上手《うま》かった。休日にはお菓子づくりをして、俺にプレゼントしてくれたりもした。

俺たちは、同棲《どうせい》することにした。ちょうど、それぞれ借りているアパートの契約更新時期にそう開きがなかった。俺たちはふたりとも更新せずに引き払い、ふたりで選んだアパートに荷物を運び込んだ。俺は遅かれ早かれ彼女と結婚するだろう。彼女もそのつもりらしかった。

俺の引っ越しは、すぐに終わった。俺は男だから荷物は少ない。午後からは、家電の設置と彼女の引っ越しの手伝いをした。俺は、彼女の文庫本が詰まったダンボール箱を難なく持ち上げ、彼女の置きたいところに置いてやった。ラックも組み立ててやった。うまく角におさまらないと言うので、組み立てたあとにまた解体してもやった。彼女は別のダンボール箱から服を次々に出して、真剣な顔をしてクローゼットに吊《つ》るしていった。

激しい西日が差して来るころ、彼女は疲れ切って作業の放棄を宣言した。

「今日はもうおしまい」伸びをしながら彼女は言った。「取り急ぎ必要なものはちゃんと出したし」

俺は、封をしたままのダンボール箱を三つ、彼女の指示どおりに積み重ねてやった。

「ありがとう」彼女は俺の腕に細くて白くて肉のつめたい腕をからめた。「武志って頼りになるから大好き」

　俺たちは腹が減っていた。外食に出るか、なにかを買って来てここで食べるか、ふたりで話し合った。彼女は、せっかくふたりではじめて暮らし始める日なんだから、この食卓で食べようと言った。いつもそうできるとは限らないんだから、と。彼女の言うとおりだった。俺たちは二人とも、仕事が忙しい。帰る時間もばらばらだし、飲みに行くことも多い。現に、翌日は彼女が事務職の女子だけでやっている定例の宴会に参加することになっていた。女子会というやつだ。

　そのとき、インターホンが鳴った。

「なんだろ」と彼女が俺を見上げた。「まだなにか荷物、あったっけ？」

　赤いランプが、ちかちかと点滅していた。それに合わせて、心臓が強く打った。俺はゆっくりと彼女を押しのけて壁に近付き、インターホンの受話器を取った。ざら、ざら、ざら、と音がした。鼓膜に直接生暖かい呼気を吹き付けるようなあの呼吸音だ。

「狼だ。来たんだ」俺はつぶやいた。

「狼？　え？　誰？」彼女が不安そうに聞き返した。

「あっ、こんにちは、武志くんですね？」と受話器からにこやかな声が聞こえた。あの狼とはちがう声だった。だってあの狼は死んだのだから。でも、この狼もあの狼と同様、俺を名指ししてやって来た、俺のための狼だった。

「今、開けます」俺はやっとのことで言った。

「そうですか」狼はうれしそうに答えた。ぼたぼたとなにかがこぼれる音がした。よだれだろう。

俺は受話器を戻し、玄関へ向かった。体が強《こわ》ばって、膝《ひざ》がうまく曲がらなかった。そのくせ、てのひらは妙に力が抜けて、缶ビールひとつ摑《つか》んでいられる自信がなかった。しっかりしろ、と俺は心の中で自分を叱咤《しった》した。俺は狼をずっと待っていたじゃないか。やっとその日が来たんだ。だいじょうぶだ、勝てる。

しかし、玄関ドアが目の前に迫ると、俺は歩けなくなった。呼吸が深くて、深すぎて吐くのが追いつかず、体が冷えていくのがわかった。俺は歯を食いしばり、鼻の穴で必死で息をした。そのうち肩が上がりはじめ、俺はぜいぜいと上半身全部で呼吸していた。呼吸する以外、俺にはなにもできなかった。

どん、どん、と玄関ドアにノックがあった。ドア枠や壁、建具が、あの日と同じように震動してしんしんと音を立てた。

「武志くん、どうしましたか？　早く開けてください、武志くん」

愛想のいい声だが、苛立《いらだ》ちを隠し切れていなかった。俺は、自分の呼吸で手一杯だった。だめだ、俺はやっぱりドアを開けることができない。

「ちょっともう、なにやってんのよ」彼女が、早足で俺の隣を通り抜けた。「はーい、今開けまーす」

「だめだ」俺は言った。声なんて出ないような気がしていたが、案外すんなりと出た。

「開けるな」

彼女は鍵《かぎ》に手をかけ、俺を振り返った。なにも言わないが、不満げな顔で俺を責めているのだとわかった。彼女は手に、解体したラックのポールを持っていた。

彼女がドアの向こうに消えると、俺の体は一瞬にして動くようになった。俺は覗《のぞ》き穴に飛び付いた。ちょうど、彼女が下から振り上げたポールで、狼の顎《あご》を割ったところだった。狼は血を噴いてのけぞり、仰向《あおむ》けに倒れた。そこを、彼女がめった打ちにした。

ドアが開き、彼女は突っ立っている俺をじろりと見てから奥へ入った。頬に、インターホンの赤いランプくらいの血が二、三飛んでいた。何を取りに行ったのかは明白だった。ゴミ袋だ。彼女はまた突っ立っている俺をじろりと見て外へ出、狼をゴミ袋に詰めた。そしてそれをゴミ収集ボックスに出すために、エレベーターに乗って下りていった。戻って来ると、彼女はまっさきに顔を洗った。

それから俺たちは、コンビニへ行って弁当を買い、向かい合って食べた。彼女はときどきため息をついていた。

「ごめん」と俺は言ってみた。

「なにが?」と彼女が挑戦的に尋ねた。

俺が答えられないでいると、「いいよ、もう」と言って豆乳パックを一気に吸った。彼女の手のなかで、パックがきゅうっと凹《へこ》んだ。それでも、並んでベッドに入ると、彼女は向こうを向いたまま俺の手の甲をそっと撫《な》でてくれた。

翌日の夜は、ひとりだった。彼女は女子会だ。夜中もだいぶ更けたころ、俺は奇声で目を覚ました。外の、このマンションのすぐ前の道で、誰かが叫んでいる。なにを言っているのかはさっぱりわからなかったが、それが誰の声であるかはわかった。俺の彼女だ。酔っ払って帰って来て、なにごとかを叫んでいるのだ。それは悲鳴のような緊急性のあるものではなく、やけになって歌を歌おうとしているような、きれぎれの、音程差のある叫びだった。彼女の奇声を聞いているうちに、マンションの鉄骨が失《う》せ、床が失せ、俺を載せているダブルベッドが失せ、掛け布団が失せた。真っ黒な道に立って叫ぶ俺の彼女と彼女の数メートル頭上であおむけに横たわったまま宙に浮く俺は、視線も交わさずにそれぞれぽつんと夜のさなかにあった。

戦争

喪に服すというほどじゃないけど、私はいつもサイモンの死を悲しんでいる。数々の死が散漫に過ぎ去ったのにひきかえ、サイモンの死だけが残っているからだ。あまりにもくっきりと。

サイモンの思い出を話すには、まずハリーとレニーからはじめなければならない。ハリーとレニーは、亮輔《りょうすけ》の部屋にいた。私は、そこで彼らに会った。

亮輔が私を長いこと一人にするから悪いのだ。彼は私と約束があったにもかかわらず、職場の同僚や先輩たちからの急な誘いに応じてバーベキューに出かけていった。私は、彼がなんの釈明もせずに、一人でうなずきながらメールを打ち返すのを見守った。

「行くの？」と私は驚いて言った。

亮輔も驚いたようだった。

「あ、今、行くって返事しちゃったから」

彼は気まずそうに目をそらした。ちょっと顔出すだけだから、すぐ帰るから、と言いながら彼は着替えたが、そんなことはとても信じられなかった。私は彼を無言で見送った。ドアが閉まり、外から鍵がかかると、何度も乗り上げたことのある亮輔のベッドに乗り上げ、体のどこの部分よりもなめらかだった腕の内側をさらしながら、スチールラックを手当たり次第に探った。

ハリーとレニーは、彼らが国籍も血もまったくのアメリカ人であるという事実とは別の意味で、私や亮輔とは別の人種だ。私も亮輔も、いつか彼らみたいに四十代を迎えたとき、決まった職業に就いていて、夫や妻がいて、たぶん子どももいるはずだった。私の夫が亮輔ではなくて、亮輔の妻が私ではないにしても。

私たちはめいめいきちんと税金を払い、保険に加入し、そこそこ栄養バランスを考えた食事を摂《と》っていることだろう。友達とつきあい、同僚とつきあい、子どもを介して知り合った複数の家族とつきあい、自分の両親やきょうだいとつきあい、家電量販店で揃えた数々の家電とともに暮らし、よほど運が悪くなければ犯罪や事故に巻き込まれることもないだろう。私と姉を育て、大学まで出した私の両親みたいに。よく知らないけど、亮輔の両親みたいに。

ハリーとレニーはちがう。

彼らに決まった職はない。そのときどきで、それぞれ工場でなにかの部品をつくったり組み立てたり、スーパーの倉庫で荷の上げ下ろしをやったりする。まともな店でも、まともじゃない店でも警備員をやる。清掃も得意だ。決まった家もない。彼らは別々に住んでいて、それぞれしょっちゅう引っ越しをしている。

税金を払っているとは思えない。保険なんてとんでもない。食事の半分はファストフードか缶詰で、あとの半分はコーヒーとビールだ。家族はいない。もともとの家族はみんな死んでいるか死んだと同じくらい没交渉で、新しい家族を築くには至っていない。

友達なら、まあ、いる。それがサイモンだ。おおかたは知り合い以上友達未満といったところだけど、警官のサイモンだけは二人の友達だと断言してもいい。数の上では少ないが、友達は量より質だ。ことにハリーとレニーにとっては、互いがかけがえのない最高の友達であるので、それで不足はないのだろう。

彼らは決して離れることができないくせにあくまで親友どうしで、性的に求め合うことはなく、それぞれ性的に求め合える相手と家族になるのを夢見ている。レニーのほうはゲイだが、ハリーはどう見たって彼の好みのタイプではなくて、恋人としては願い下げであるらしい。そういうわけで、レニーはハリーじゃないいろいろな男の人と恋をしていて、ハリーもいろいろな女の人と恋をしている。

そして、二人はだいたいいつもとんでもない犯罪に巻き込まれている。ときには、自分たちで起こしたりもする。サイモンは彼らを連行して取調室で世間話をしたり、見逃したり、休暇をとって手を貸してやったり、あるいはぜんぜん知らないふり、まるでこんな奴らとは縁もゆかりもありません、といった顔をしたりもする。

ハリーとレニーが持っているのはお互いへの友情と、健康と、腕っ節だけだ。

お前らはほんとにめちゃくちゃだよ、こっちの身にもなってくれよ、とサイモンは泣き言を言う。彼は優しい男だ。二人とは腐れ縁だし、悪い奴らじゃないと知っているから切り捨てることができないでいる。

私はサイモンに同情し、完全に同意する。そう、めちゃくちゃだ。私は、彼らが頼みにしているもの、友情や健康の不確かさを知っていた。現実的に考えて、それらは年月とともに目減りしていく。この人たち、ろくな死に方をしないんだろうな、と私は思う。

「くそ、おれたちはろくな死に方をしないな」とハリーも言う。ハリーがおれたち、と言うとき、それはハリーとレニーのことだ。その場にほかの知り合いがいたって、「おれたち」には含まれない。だから、サイモンはこう言う。

「そうだな。ま、おれは年金をもらうがね。そのときにはもう訪ねて来ないでくれよ。いっさい連絡をよこすな。おれの年金はビタ一文わけてやらないからな」

ハリーはため息をつく。レニーは親しみのこもった悪態をつく。レニーは剛胆で楽観的だが、ハリーは思索的で悲観的な性格なのだ。レニーはどうだかわからないが、ハリーはのたれ死にする覚悟ができている。

おれはのたれ死にするだろう、着の身着のまま路上で動かなくなるだろう。それは今じゃないが、そう遠いことでもない、と彼は思う。

私は、そんな覚悟はしない。私は年金をもらうつもりだった。サイモンほどたくさんはもらえないだろうけど。もっとも、アメリカの警察官がどれほどの年金をもらうものか、私にはさっぱりわからない。

実のところ、あのころの私は年金の掛け金を払うのに四苦八苦していた。年金だけではない、住民税と健康保険料にも悩まされていた。

新卒で就職した会社を、たった半年で辞めたばかりだった。ちょっとかっこいいと思って、編集プロダクションに入ったのがまちがいだった。そこは、私が愛読している文房具雑誌にも記事を書いている会社だったが、私にはその仕事はまわってこなかった。もしかしたら、待てばそのうちまわってきたのかもしれない。だとしても、私は高級万年筆から廉価の万年筆まで書き味を比べる前に、市内のラーメン店を日に7軒まわって味見をしなければならなかったし、ネットカフェを日に12軒まわって居心地の良さに順位をつけなくてはならなかった。それがくだらない仕事だと思ったわけではない。世の中にはラーメンの味ひとつで救われる人もいるし、ネットカフェでなくてはくつろぐことができない人もいるだろう。私の仕事はきっとそんな人々の役に立つ。ただ私はダイエット中だったし、ネットなら家で寝そべったり歯を磨きながらぼんやり眺めるのが好きだった。

ほとんど衝動的に辞めると告げても、上司はさして驚かなかった。そういう子はたくさんいるのだ。私は引き止められもせず、一ヶ月後にすんなり辞めることができた。私はほっとするよりも不安に襲われていた。自分がなにをやりたいのかわからなくなっていた。半年前、いやそれ以上前に就職活動をしていたときはたしかにわかっていたのに、それですらそんな気がしていただけのように思えた。すべては誤解だったのだ。

そういった新しい発見にもとづいて考えると、すぐに答えは出た。私は、なにもしたくないのだ。やりたいことなんてひとつもない。ない、なんてことを可能性に入れたことがなかったから気付くのが遅れてしまった。うかつだった。

けれど、それがわかったからといって、劇的な収穫にはならなかった。

私はやはり、なにかをしなければならなかった。なにもせずにいる状態はどうやら死に近いようだったが、私は死ぬためのなにかもしたくはなかった。それに、そんなことは私自身だけではなく、私の家族も、亮輔も望んでいなかった。

私は求人広告を熟読し、近所の小さな出版社に事務のアルバイトで入った。仕事は単調なだけでたいして難しくもなかった。そのことに加え、同じくらいの年齢で同じくらいの学歴のたくさんの女の子たちが、同じ待遇で働いていたことに私はほっとした。ひとまずはこれをやっていれば不安は小さくなるだろう。

しかし、すぐに誤算が生じた。それが年金と住民税と保険料だ。私はまったくうかつだった。正社員でなくなった者は、それらをぜんぶ自分の裁量でまかなわなくてはならないのだ。

収入のなかから自分の手でそれらの分を取り分けると、残った分は不当に少ないように思えた。

私より先にこのことを経験している女の子たちは、そのために必要な手続きのコツをいくつか教えてくれた。

「びっくりした？」と彼女らはうれしげに尋ねた。

「びっくりした」私は落胆して答えた。

「はじめはみんなびっくりするんだよ」と彼女らは言った。

「そのうち慣れる?」

「慣れるわけないでしょ」

けれど、彼女らはそうしないではいられなかったし、私も同じだった。なにもやりたくないくせに、私は保障が欲しかった。成人として一応の社会参加をし、支払うべき金銭を支払うという選択さえしていれば、ほかの選択はいっさいしないでいられるはずだった。私はハリーやレニーみたいに頑健な男じゃないし、凄惨《せいさん》な事件に巻き込まれもしないし、そんななかで自分なりの正義を発揮して勇敢に戦ったりもできない。あきらめもよくない。私は自分の選択を、健康や友情よりはいくらか確かだと思っていた。サイモンもそう思っていたはずだ。

でも、サイモンは年金をもらえなかった。サイモンの死は突然訪れた。それもとびきり悲惨なやつだ。

よく思い返してみれば、突然すぎるというわけでもなかった。ハリーとレニーがメキシコでマフィアがらみの事件を片付けるのに協力した時点で、サイモンの死は決定したも同然だったのだ。サイモンはマフィアの謀略で留置場に放り込まれたハリーとレニーの保釈手続きをしただけではなく、マフィアの娘を人質にとる計画に多大な貢献をした。私は忘れていた。きっとハリーとレニーも忘れていたんだろう。サイモンを呼びつけて手伝わせるべきじゃなかった。彼らが生きている世界では女は顔が変形するまで殴られたのち強姦《ごうかん》され、額を撃ち抜かれるか絞殺されるし、男は顔が変形するまで殴られたのち歯を抜かれ、性器を切り取られて首を刎《は》ねられるっていうのに。そして決定的なことに、サイモンは主人公じゃない。

サイモンは椅子に縛り付けられ、耳と鼻をナイフで削《そ》ぎ落とされ、膝《ひざ》を砕かれた上でガソリンをかけられ、生きたまま焼かれた。ハリーが一目見ただけでその焼死体がサイモンだとわかったのは、黒焦げになったのが上半身だけでズボンと靴がほぼ無事だったからだし、一目見ただけで耳と鼻を削ぎ落とされているのがわかったのは、丁寧に血を拭《ぬぐ》い取られたきれいな耳と鼻がきちんと死体の前のテーブルに揃えてあったからだった。

私はもうその先を読まなかった。私の薬指とぴったり同じ厚みしかない文庫本の、残りのページはそう多くはなかった。どうせハリーとレニーがうまいこと復讐《ふくしゅう》を遂げるのだろう。

亮輔が帰ってきたとき、私は彼のベッドに腹這《はらば》いになって少し震えていた。

「ただいま」と彼はどこか得意げに言い放った。私は答えられなかった。彼は私の顔を見て、「えっ？　ごめん、ほんとに顔出すだけで帰って来たんだけど」と慌てた。

私は時計を見た。呼び出された先とのあいだを往復する時間を考慮に入れると、たしかに亮輔は、できるだけ早く帰るべく努力したのだと認めざるをえなかった。

「サイモンが」と私は涙声で言った。

「サイモン？」と亮輔は私の手元に視線を移したが、心当たりがないようだった。

亮輔と別れたのはサイモンのせいだ。

本は、亮輔のものではなかった。亮輔の大学時代の先輩が置いて行ったもので、単に持って帰るのを忘れたのか亮輔に貸したことになっているのかは不明だった。彼は、いつか返すこともあるだろうと見込んで捨てずに取っていたのだった。

私は訳者あとがきを読んで、これがハリー&レニーシリーズの5巻目であることを知った。亮輔の先輩は、このほかに2巻と3巻を置いて行った。亮輔はそれらを持って帰ることは許さなかったけど、私のためにスチールラックのいちばん手前に出しておいてくれた。

私は、亮輔の部屋を訪ねるたびにその古い文庫本を少しずつめくった。欠けている巻を買おうと一度大きな書店に行ったが、棚にはなかった。その作家の名前すら見つけられなかった。

「絶版なんじゃないの」と亮輔が言った。

絶版ならしかたがない。もうそれ以上は探さなかった。店員に尋ねることすらしなかった。2巻と3巻だけでじゅうぶんだった。

サイモンは、レニーの借りているあばら屋の前庭で、機嫌よくバーベキューの肉を焼いていた（自分が将来、焼き殺されるとも知らずに！）。

サイモンは、ハリーの彼女を寝取った。といっても、彼はそれほど悪くない。ハリーの彼女のほうがサイモンに目を付けて、乗り換えたのだ。きっと年金に目がくらんだんだろう。それに、サイモンのほうがハリーよりもちょっぴり若かった。しかし彼女はすぐに去り、かくて友情は継続された（去ったのがハリーだったら、彼の死はあの死ではなかったのに）。

サイモンは、ハリーの安アパートでふたりの悪友と密造酒を飲めるだけ飲んで潰《つぶ》れた。吐瀉物《としゃぶつ》はあざやかな水色をしていた（急性アルコール中毒で死んだほうが、きっとましだっただろう）。

サイモンは、面倒に巻き込まれて大暴れしたレニーを殴りつけ、気絶したところをパトカーに押し込んだ（サイモンも、腕っ節はけっこう強いのだ）。

サイモンは、面倒に巻き込まれて告訴されたハリーのために弁護士を探してやった（そういう、きちんとした人々との交際もあったのだ、それなのに）。

サイモンはハリーといっしょに女を買いに出掛けて財布をすられ、レニーにしばらくのあいだからかわれ続けた。財布はとうとう見つからなかった。サイモンは、彼が童貞を捧《ささ》げた十六歳の恋人のぼろぼろの証明写真を永遠に失った（それでしょげかえるサイモンは、ちょっとかわいい）。

サイモンは、ハリーとレニーに金を貸してやった。借りたという記述は見つけられなかった（あとで、ハリーもレニーもちゃんと返したみたいだ）。

サイモンは殉職した同僚の葬儀のあと、酔っ払って雪の路上で寝ているところをハリーとレニーに救出された（のちのあの死に比べたら、ここで死んでおいたってよかっただろうに）。

サイモンは恋人から猫を預かったが、その猫はハリーが拾ってきた古い銃の暴発により、あっというまに壁の染みになった（猫でなくてサイモンが壁の染みになったってそう悪くはなかったはずだ。のちのあの死に比べたら）。

サイモンは、わけあって豪邸に空き巣に入ったハリーとレニーの逃亡を、いやいやながら幇助《ほうじょ》した。そういうときはサイモンも法定速度を守らない。バレたらクビだな、と後部座席のレニーがにやにやする（優しくて穏やかなサイモンがこういう荒っぽいことをするシーン、もっと読みたかった）。

養護施設に入っていたサイモンの母が死に、サイモンはハリーやレニーと同様、ほぼ天涯孤独になった。サイモンは母方の曾祖母《そうそぼ》の実家はイギリスの名家の血筋だと主張するが、連絡先はわからないし、ハリーもレニーも信じない（サイモンは思い切って警察を辞職し、自分のルーツを探しに旅立ってもよかったのだ）。

サイモンは引退と同時に妻に去られた上司のもとをたびたび訪れ、話し相手になっていた。上司はサイモンを息子同然に扱った（ここは泣ける。感動的）。

サイモンは中国語の勉強をし、ウクレレの教室に通うことを検討した。将来のためだ。中国語が堪能《たんのう》であることは出世につながるし、ウクレレを自在に弾けるようになると人生はきっと味わい深くなる。彼はもちろん、どちらも習得できなかった。あとにはまだ二、三回しか開いた形跡のない中国語のテキストと新品のウクレレと、二〇〇〇ドルものウクレレのローンが残された（この支払いって結局どうなったんだろう？）。

サイモンは本のさまざまなページで、酔ったり笑い転げたり怒り狂ったりがっかりしたりしていた。はじめて読むのに、それらはすべて過去の記憶のように輝かしく愛《いと》おしかった。正しくは、過去の記憶にそうあってほしいと望むとおりに。それは今でもまったく変わらない。

ハリーとレニーのことは、どうでもよかった。彼らは主人公なのだ、めったに死ぬものか。私はインターネットで検索して、アメリカではこのシリーズがすでに8巻まで続いており、9巻が翌年刊行予定であることを突き止めていた。つまり、いつかは死ぬかもしれないが、その時点で彼らはまだ死んでいない。今はもう死んでいるかもしれない。でも、私にはサイモンだけでいい。

私はサイモンの名前を探してページをめくり、見つけると手を止めて周辺を読んだ。だから、2巻と3巻は幾度となくめくったにもかかわらず、物語のあらすじを知らない。私は繰り返し繰り返し、サイモンだけを追い求めた。サイモンが動くたび、なにか言うたび、サイモンの無惨な最期が目の端にちらついた。彼のやったことすべてが放物線を描いて、あの拷問による死に収束していた。

といっても、私は想像力が乏しいので、サイモンの容姿をはっきりと思い浮かべたことはなかった。できなかったし、やろうと思ったこともなかった。

サイモンが、隣に寝そべる亮輔と同じくらいかそれ以上の質量の血と肉を持っていて、それらがすでに流され、焼かれてしまったことをほんとうにあったことのように、ほんとうに生きて、私の親しくしていた人がそうなってしまったように想像することはなかった。サイモンが生身の人間であったことは一度としてない。サイモンは、黄ばんだ文庫の紙とほっそりとした漢字やひらがなでできている。

亮輔は、私がサイモンの死にやたらと感傷的になっていることをよくよく承知していた。ひそかに喜んでいるところもあった。彼はたびたびサイモンの話を聞きたがった。自分で本を読むようすすめたが、彼はそうはしなかった。

「だってめんどくさいし」と彼は言った。

私はサイモンの思い出をいくつも披露した。胸が痛んだが、話してみると、胸の痛みさえ心地よく感じられた。だから、彼が求めると私は必ず話した。彼は、私がサイモンの話をするのを見るのが好きだった。

でも私の祖母が死んだときの私を、彼はまったく好きにはなれないようだった。私がほとんどショックを受けていないことに、彼はショックを受けた。

「ほんとはすごく悲しいんだろ?」と彼は尋ねた。

「え? そりゃ悲しいよ、でもだってまあ……それなりの年だったし」と私は言った。

祖母は医療施設にいて、もうまもなく死ぬであろうことは親類みんなが知っていた。私は祖母の遺体が火葬される段になって感極まって涙を二粒ほどこぼしたが、もうそれですっきりして、後日亮輔の前でまで泣くようなことにはならなかった。それなのに亮輔は、過剰に私をなぐさめた。わずらわしくなってだいじょうぶだと言っても、まだなぐさめた。なにかを諦《あきら》めきれない様子だった。

次に、亮輔の同僚のお兄さんの奥さんの弟の同僚が死んだ。亮輔が沈痛な面持ちで、私にその話をした。その、同僚のお兄さんの奥さんの弟の同僚は、若くて健康であったにもかかわらず、職場でとつぜん昏倒《こんとう》し、亡くなった。

「ふうん、怖いねえ」と私は言った。続きは、焼き鳥の串《くし》から歯で肉片をずらして外し、丹念に嚙《か》み砕いて飲み込んでから言った。

「……そういうことって、わりにあるらしいよ。今思い出したんだけどさ、私の高校でも同級生がひとり、そんな感じで死んだよ……えっと、高二のときだったかな。まあその子は学校でとつぜん昏倒したんじゃなくて、夜、寝てるあいだに死んじゃったんだけどさ……」

亮輔は食欲がなくなったと言って、焼き鳥の串をほとんど投げるようにお皿に戻した。彼は怒っていた。私はわけもわからずとりあえず彼の機嫌をとろうとしたが、無駄だった。

焼き鳥が冷たくなって本来の死体らしくなったあたりで、亮輔がなぜ怒っているのかが明らかになった。

彼は、私が泣くことを望んでいたのだ。なぜ小説の登場人物なんかの死を悲しんで、現実の人間の死を悲しまないのか、というのが彼の主張だった。小説の登場人物の死があれだけ私をうちのめすのなら、それ以上に、現実の人間の死によって私はうちのめされなければならない。

お前はやさしい子だと思ったのに、と彼は言った。だまされたと言わんばかりだった。私は弁解しようとしたが、なんと言ったらいいのかわからなかった。

「きっと俺が死んでもお前は大して悲しまないんだろうな」と亮輔が私をちらりと見た。

私は考えようとしたが、もはや彼のために考えることすら面倒になってしまっていることに気付いた。数秒の間を置いて、結局「わかんない」と答えた。私たちは、焼き鳥屋の外で別れた。

「お前、おかしいよ」と彼は捨て台詞《ぜりふ》を吐いた。

亮輔が今、生きているのか死んでいるのかは知らない。いずれにせよ、あのとき別れてからずっと会っていないのだから、彼が死んでいたとしても私は大して悲しまない。

それ自体はおかしなことではないが、あなたが死んだのにサイモンのことを思い出し、サイモンの死にいまだに心を痛めている私は亮輔が言ったとおりおかしいのかもしれない。

今日、あなたの出掛けた先で爆撃があった。爆撃といっても昔ながらのものではなく、生きている肉体だけが一瞬にしてしゅうっと蒸発してしまう例の最新兵器だったから、あなたは死んだことにも気付かずに死ねたはずだ。恐怖すら感じなかっただろう。せいぜい不吉な予感といったところだ。ともかくあなたは、サイモンほどひどい死に方をしなかった。私があなたについて考えているとすればそのことだけで、あとはみんなサイモンのこと。生きているサイモンの思い出と、ハリーが見つけたサイモンの死体がどんなだったか。

この戦争がはじまって、私は実際に、サイモンとそっくり同じではないけれど死ぬまで血を流した人を見たし、肉がからからになるまで焦げた人も見た。多くは知らない人々だったが、知っている人もいた。そのときも、私はおそろしいとは思ったが、サイモンの死を悲しんだほど悲しくはなかった。

私はハリーやレニーと同じく四十代を迎えていて、ハリーやレニーに出会ったころ、考えるまでもなくそうなるだろうと思っていたのとは似ても似つかない生活をしている。私は決まった職業にも就いていないし、あなたとは結婚しなかったから夫もいないし、子どももいない。両親はすでに死んでいて姉は行方不明だから、ほぼ天涯孤独だ。私はハリーやレニーとはまったく別の人種なのに、ハリーやレニーと同じになってしまった。言うまでもないが、年金制度はとうに破綻《はたん》したのでもらえる見込みはない。医療保険制度すらろくに機能していない。

私はあなたの死を悲しもうと努力している。私は悲しみたい。あなただけじゃなくて、両親の死も引っ張り出して来て、私は必死に悲しもうとしている。

父が死んだのは戦争がはじまってからだったが、戦争のせいで死んだのではなかった。父は、心筋梗塞《こうそく》を起こして倒れ、そのまま死んでしまった。母の死は、戦争がもたらした。母は、スーパーでの暴動に巻き込まれ、米酢の瓶で後頭部を殴られて死んだ。母の遺体はものすごく酷くさかった。

私はあなたや父や母や、そのほかの死んだ知人の死を悲しむために、彼らが生きていたときのことを思い出そうとする。私には思い出すことがたくさんある。無限に思い出すことができるような気がする。けれど、私の脳のあちこちで次々とせわしなく灯《とも》る電気信号を、私はどうしても言葉にすることができない。あなたが私に言ったこと、私があなたに言ったことに対するあなたの反応、あなたの体の手触り、あなたの顔かたち、あなたの声、あなたの表情、あなたの身振り、どれもばらばらで意味をなさない。私はすべてを拾い集めて整然たるひとつながりのものにつくりあげたい、あなただけでなく、父も母も、死んでいるかもしれない姉も、死んだたくさんの知人たちのひとりひとりも、まるで生きていたときのように。私のなかで、彼らが生きているかのように。

かつて私はなにもしたくなかった。今は、それをやり遂げたい。でも、そうしようとすると、私は動けなくなる。ほんとうに動けなくなるのだ。あなたや他のみんなの情報がわっと私の頭蓋骨《ずがいこつ》を押し開き、頭からこぼれていきそうになる。万が一にもこぼして失うわけにはいかないから、くしゃみひとつできない。くしゃみなんかしたら、取り返しがつかない。でも、私はまだ死んでいないから生きていかなければならず、動けないままでは困る。すると、サイモンが現れて私を助けてくれる。内側から手を伸ばし、私の頭蓋骨をぴったりと閉めてくれる。

私はサイモンのことを思い出す。サイモンのことなら、私が記憶している範囲で、そう、2巻と3巻と5巻に起こったことをなんでも思い出すことができる。サイモンのことなら、彼の死を悲しみながら私は自在に動き回ることができる。

サイモンはおそらく彼そのものがすでに記憶なのだ、それも模範的な。

私には、あなたや両親やその他の人々について私がたいせつにたいせつに保管している情報を適切なかたちに仕立て上げる能力がない。情報が記憶として物語の像を結ばず、だから私には理解できない、あなたがどんな人だったのかを。そして、あなたが生きていたのに死んだことを。あなたのしたこと、感じたことのすべてが放物線を描いて今日の死に収束したことを。

私は、遺品として引き取って来たあなたのチタン製の時計と、バンドの内側にみっちりと残されたその幅の分だけのあなたの手首の肉を膝《ひざ》に置き、その断面を見ている。さっとあぶられた肉に、白い骨と腱《けん》がのぞいている。この私の姿を見て、人はあなたの死を悲しんでいるのだと思うだろう。でも私は、サイモンの死を悲しんでいる。好きなだけ悲しみ続けている。

ファイナルガール

リサの母親は三十歳くらいで死んだので、リサは自分もそのあたりで死ぬだろうと思った。死に方も決まっているような気がしていた。リサの母親はリサを守って死んだので、リサだって自分の娘を守って死ぬにちがいない。そのために、そのときまではなんとしてでも生き残る。リサには強固な意志があった。

でも、ふだんの彼女は、精神的にも肉体的にも平凡そのものだった。リサはあらゆる意味で控え目な少女に見えた。率先してなにかをはじめることはないが、はじまったものごとに対して背を向けることはなかったし、みんなが羽目を外しておおはしゃぎしているのならひとりだけ静かにしているということもなかった。そんなふうにしていると女の子たちからは敬遠されず、男の子たちからはぼんやりとした好意を向けられるもののむやみやたらに恋愛対象と定められることもなく、するとますます女の子たちから親しまれ、大切な仲間と認められ、楽しい時間を共にすることができる。

これは、シングルマザーだった母親が死んだあと、遠縁の老夫婦に引き取られた彼女が身につけた処世術だった。老夫婦は子どもに恵まれないまま年をとった。血のつながりのある子が施設にやられるのはしのびなかったし、わずかな家財でも譲る相手がいないよりはいるほうがよかった。彼らは、とつぜん我が子となったリサに対してどのような距離が適切であるのか計りかねつつも、善意をもってリサに接した。リサの存在が、彼らにとって喜びであることは確かなようだった。リサの母親ほどではないにしても。

だからリサは、彼らに心配をかけないふるまいをすることを自らに課した。老夫婦は、リサが派手すぎないけれど今時の若者らしく身ぎれいに装うのを喜び、少しばかり派手かもしれないけれど今時の若者らしく青春を謳歌《おうか》していそうな女友達に囲まれているのを目をつぶって許すふりをして内心喜び、高校生になっても決まったボーイフレンドがいないことを少し心配するふりをして内心ではやはり喜んだ。彼女は完璧《かんぺき》な養女だった。リサは老夫婦がリサを好きなのと同じくらい老夫婦のことを好きで、彼らに愛されている自分が好きだった。彼女は満足していた。自分を見誤っていた。これがありのままの自分であり、ほかの可能性があるかもしれないなんてことは考えもしなかった。

幼くして母親を亡くすという悲劇に見舞われたにしては、リサにとって人生は御しやすいようだった。彼女は三十歳くらいで死ぬと信じ込んでいたので、とすると、すでに人生は半ばを過ぎていた。彼女は残りの時間で自分がなにをすべきかよくわかっていた。たいして難しいことじゃない。養父母の望みどおり、そこそこちゃんとした成績を維持して大学へ行き、なんでもいいからそこそこちゃんとした職に就く。それから誰かと恋愛をして、子どもを産む。もちろん娘だ。そして三十歳くらいになったら死ぬ。娘のためならそれだってきっとたいして難しくないし、どのような恐怖も乗り越えられるはずだ。彼女は自分自身が恐怖に打ち克《か》つ力を秘めているとは露ほども思わなかったが、母性は信じていた。それが、娘を得ると同時に出産一時金みたいに自動的に供給されるだろうことも半ば信じていた。だから、なにも不安に思うことはなかった。さいごのときには大いなる母性が彼女を輝かせ、燃やし尽くし、すべてを終わらせてくれるだろう。

リサは、母親が死んだ晩の、静かな興奮に大きく見開かれた目をおぼえている。母親は夜更けになってからそっとリサを揺り起こした。声を上げようとしたリサを、母親はやさしく制した。

「リサ、これからママとゲームをしよう。リサが勝ったらなんでも買ってあげる」

彼女は照明を点《つ》けないまま、リサを手早く麻袋でくるんだ。じゃがいもやタマネギを入れておくための麻袋だ。リサは麻袋ひとつではもう納まり切らないくらいの背丈があったから、まずひとつめの麻袋のなかに立たせて腰辺りまでを覆い、ふたつめの麻袋を頭からかぶせた。顔を覆うとき、母親は一瞬だけ手をとめてリサの目をじっと見た。暗闇のなかで、リサも母親を見た。母親の目はいつもの倍ほども大きく、白目が青く光っていた。それは、リサの記憶にある母親のなかで飛び抜けて美しい顔だった。

「リサはしばらくじゃがいもになるの。じゃがいもは動かないし、しゃべらないでしょう？　わかる？　ママがいいって言うまでよ。できる？」

リサはうなずきもせず、うんとも言わなかった。ゲームはすでにはじまっていたからだ。

母親は「いい子ね」とささやいて袋越しにリサの頭を撫《な》でた。それから、リサは自分の膝が抱きかかえられ、まっすぐ上に持ち上げられるのを感じた。リサは驚愕《きょうがく》した。なぜなら、母親はそのころにはいくらリサがねだっても抱き上げてくれることなどなくなっていたからだ。

「だって重いんだもん。ママにはもう無理」母親はそう言ったものだった。

けれど母親は、リサを流しの上の吊《つ》り戸棚に押し込んでみせた。母親のほうでも、リサをほんもののじゃがいもと同等に扱うことにしたみたいだ、とリサは思った。彼女は頭や肩を戸棚のなかの壁に激しくぶつけ、肘《ひじ》や膝は無理矢理折られて乱暴に押されたが、じゃがいもを貫いた。棚の戸が閉まってしまうと、リサは目を閉じた。開けていても閉じていても同じ暗さだから、開けているだけ無駄なのだった。土と埃《ほこり》の混じる空気を慎重に吸いながら、リサは買ってほしいものを頭のなかで列挙した。バービー人形やベレー帽、昆虫の複眼みたいに大きなサングラス。スケートボードやヘッドホンもほしかった。でも同時に、これは夢なんだとも思っていた。夜になると早く寝ること以外要求しない母親が、寝付いた娘を起こすなんてありえない。それに、財布の紐《ひも》の固い母親が、なんでも買ってくれるとささやくのも非現実的だった。

リサが吊り戸棚のなかで自分が眠っているのかいないのかすらわからないでいるあいだに、母親はアパートじゅうの住人を殺してまわっていた男に体当たりをして、いっしょに六階の窓ガラスを突き破って落ちた。連続殺人鬼は死に、母親も死んだ。細かく砕けたガラスととろとろ光る大量の血痕《けっこん》が、祝福のようにふたりの遺体を取り囲んでいた。リサは六階建てのその安アパートにおけるたったひとりの生き残りとなった。

リサは実は、母親が死んだときの正確な年齢を知らない。養父母に尋ねたこともない。三十歳より若いとは考えにくく、それでも三十五歳を超えているということはないはずだと自分勝手に見当をつけて、それで納得している。

私は今のとおりの私らしい私でいればいい、時が来るまではこのままでうまくやっていける。そう、三十歳くらいで死ぬ間際には母性が手を貸してくれて、別人のように強くなれる。戦える。うまく死ねる。すぐに終わる。人生はかんたんだ。リサは考えているとも知らずにそう考え、特に疑問はなく不足もない。

リサが自分のまちがいに気付くのは十八歳の夏休みだ。

彼女は大勢の友達と森へキャンプに行く。若くて健康で、友達がたくさんいる子なら誰でも行く。そこへ集まる子は、男の子も女の子もみんな自分がもう大人だと思っているが、一方でまだ子どもだということも承知している。そのアンバランスさに途方もない価値があることを知っている。彼らはこれからなんでもできるつもりでいて、実際、まあできるといえばできる。そういう傲慢《ごうまん》な者たちを、連続殺人鬼が放っておくわけがない。若者たちが森の丸太小屋で遊んでいると小耳に挟むやいなや、連続殺人鬼は鉈《なた》やのこぎりや斧《おの》やナイフをピックアップトラックに投げ入れ、準備体操をする。彼の肉体は大きく、頑健で、よく鍛えられている。連続殺人鬼が健康を保ち、体を鍛えているのは、もちろんこれから彼が殺す被害者たちのためだ。

この連続殺人鬼は、リサの母親を殺した連続殺人鬼とはなんの関係もない。あの連続殺人鬼は確かにリサの母親が命と引き換えに殺したのだし、この連続殺人鬼は過去の自分の仕業でない連続殺人にはなんの興味もない。そもそも連続殺人鬼はどんな連続殺人鬼だって、生きている命しか殺すことができないのだから、それも道理だ。

夜になる。連続殺人鬼が仕事をはじめる。連続殺人鬼は、あからさまに強く、あからさまに美しく、あからさまに潑剌《はつらつ》としている者から襲う。これは単に、そういった者が目につきやすいからだ。むやみやたらとぎらついている浅ましい生命力が連続殺人鬼を引き寄せる。だから、リサのように能力を秘めている者は必然的にあとまわしにされてしまう。連続殺人鬼は優先順位にはとても忠実だ。

若者たちの戦いがはじまる。ひととおりの逃走と反撃が試みられるも、若者たちの数は順調に減っていく。リサは怯《おび》え、まだ死んでいない仲間たちと逃げ惑う。しかし、よく頭脳をはたらかせながら効率的に逃げているわけではないから、彼らは互いにはぐれる。足の速い者、遅い者、持久力のある者、ない者、パニックで方向もわからなくなっている者、方向くらいはなんとかわかる者、視力がよくてきちんと前が見えている者、眼鏡が曇るかコンタクトレンズがずれるかしてろくに前の見えていない者、転んで足をくじく者、靴を片方どこかへ飛ばしてしまう者、それぞれがそれぞれの肉体的条件に応じて散らばっていく。

リサは泣きながら暗闇を駆け回り、枝葉に擦《こす》られて傷だらけの二の腕を抱いて丸太小屋に戻る。電気が通っていたはずの丸太小屋は、ブレーカーを斧で破壊されたためにすでに外とまったく同じ暗闇に満たされている。物音はしない。リサは口元を押さえ、泣き声を押し殺す。忍び足で丸太小屋に入る。誰の気配もないが、連続殺人鬼がほんとうにいないのかどうか彼女には確信が持てない。それどころか、連続殺人鬼が生身の人間かどうかすら確信が持てない。リサは、アメフトのキャプテンを務めるクラスメイトが筋肉のかたちがはっきりとわかる腕をしならせ、ボートのオールで連続殺人鬼の後頭部を殴打するのを見た。クラスでいちばんきれいでいちばんモテる子が、髪を振り乱してつかみかかり、連続殺人鬼の股間《こかん》を数度にわたって蹴《け》り付けるのを見た。抜群の成績を誇る子が、連続殺人鬼が暴れたせいで折れた椅子の脚を、連続殺人鬼の左腋《ひだりわき》に突き刺すのを見た。それでも連続殺人鬼は倒れなかった。多少よろめいただけだった。どれも致命傷になってもいいはずだった。なのに連続殺人鬼は脳震盪《のうしんとう》すら起こさず、苦痛のうめき声ひとつ上げず、椅子の脚を引き抜いたあとの腋からこぼし大の血がこぼれ出て床を打っただけだった。

リサはキッチンのシンクにのぼり、吊り戸棚に手をかけて体を支える。吊り戸棚の扉を開ける。彼女はそこによじのぼる。うしろから彼女を押し上げてくれる母親の手はない。これは夢なんだ、と彼女は自分に言い聞かせる。私はまだ小さい子どもで、ママとゲームをしているところ。彼女はしゃくりあげながら戸棚のなかを細かく区切る棚板を外し、床に捨てる。そうしてやっとなんとか体を戸棚に納めることができる。それでも、なかからでは扉を完全に閉めることができない。膝《ひざ》を胸に引き寄せて曲げた状態で横倒しになり、リサは必死に扉の裏側を指で探る。彼女の指先は冷たく、恐怖に震えている。指先だけではなく、全身が細かく震えている。リサは体の奥のほうから震えていて、それをどうにかしずめようと体じゅうの筋肉を強《こわ》ばらせている。

けれど、彼女の恐怖は、連続殺人鬼に殺されるかもしれないことを思っての恐怖ではない。仲間のうちの幾人かが惨殺される姿を目の当たりにしたからでもない。彼女を今、震わせているのはもっと大きな恐怖だ。必死に耐えながら、まだ彼女にはその正体がわからない。だって、理不尽に命を奪われる以上の恐怖なんて、そんなのある？

こんなのへんだ、とリサは思う。私は混乱している。目を閉じて開けたら、私はじゃがいもの袋にくるまれた泥だらけでも血で汚れてもいない小さなリサかもしれない、そうに決まっている。彼女は目を閉じる。すると、ガラスの砕ける音が聴こえ、リサのまぶたに、粉々になったガラスに包まれるようにして落ちていく母親が映る。それは彼女が実際には目にしたことのない光景なのに、ついさっき目の前で血しぶきを上げた仲間たちよりも生々しい。

リサはうなり声を上げる。かんしゃくを起こして閉まり切っていない扉を蹴り開ける。リサは吊《つ》り戸棚から飛び出す。さっきのガラスの砕ける音が自分の想像ではなかったことを、彼女はちゃんとわかっている。あれは、次なる犠牲者を求めて徘徊《はいかい》する連続殺人鬼が、床に散らばったガラスを踏み割った音だった。そして連続殺人鬼は、ちょうど吊り戸棚の前を通りかかったところだった。

リサは、肩車の姿勢で連続殺人鬼に組み付く。首に脚をからめ、渾身《こんしん》の力で締め付ける。空いている両手もおろそかにはしない。彼女は両手の指を連続殺人鬼の両目に突き入れる。連続殺人鬼が叫び、大きな手でリサの手首をつかむ。連続殺人鬼は上半身をめちゃくちゃに揺らして暴れ、リサは吹っ飛ぶ。でも、リサは諦《あきら》めない。絶対に諦めない。まだ死ぬときじゃない。リサは連続殺人鬼よりも、死ぬ直前の仲間たちが上げたのよりもすさまじい声を上げる。リサはまさにこの瞬間に、自分が何者であったのかを知る。彼女はちっとも控え目じゃない。戦うのに母性なんていっさい必要ない。彼女は自分がこれまで間断なく戦い、突出した才能でもって勝ち抜いてきたことをはっきりと自覚する。養父母のもとで、同年代の子どもたちの集団のなかで見事に生き延びてきたあの日々は、養父母に愛され、仲間たちに親しまれたあのリサは、リサの戦績そのものだ。

リサは起き上がりざまに手近にあった瓶をひっつかむ。テキーラの瓶だ。その瓶で、リサは連続殺人鬼の横っ面をはり倒す。瓶が割れ、テキーラとガラスの破片がいっしょくたになって連続殺人鬼の頭部にぶちまけられる。連続殺人鬼はカウンターに置いてあったカセットコンロに手をつき、体勢を立て直す。血で黒く汚れた鉈を振り上げる。テキーラが顎《あご》や耳たぶを伝って肩を濡《ぬ》らし、肘《ひじ》からしずくになって滴り落ちる。リサは連続殺人鬼の腹に突進し、コンロのつまみを回す。たちまちのうちに連続殺人鬼は火だるまになり、彼の脳天から噴き上がった炎が丸太小屋の天井を焼きはじめる。リサは念のために、連続殺人鬼が落とした鉈を拾い上げ、連続殺人鬼の足の甲に思い切り突き立ててから逃げる。

結局、生き残ったのはリサひとりだった。

明るく燃え落ちていく丸太小屋を見ながら、リサはとてつもなくいやな予感に襲われている。さっき吊り戸棚のなかで感じたとびきりの恐怖を、その正体を彼女は理解しはじめる。ここで終わるならまだよかった、予定とはぜんぜんちがうし、まだ殺されたくなんてないし、断固殺されたりはしない、でもそれならまだよかったのだ。リサの頭上で不吉に渦巻いているのは、私の人生はもしかして三十年やそこらでは終わらないんじゃないのかという恐怖だった。ほんとうならたった一度、三十歳くらいで娘を守って死ぬときに味わえばおしまいだったはずの命の危険と不当な暴力に対する戦いを、私はこの先何度もこなさなければならないのではないか。私が受け入れるのは明瞭《めいりょう》で筋道だったひとまとまりの時間ではなくて、不明瞭かつ理不尽な大量の時間なのではないか。

この予感が正しかったことを悟るのは、リサが二十二歳になってからだ。

リサは養父母のもとを離れ、大学の寮に入っていた。全室二人部屋の女子寮だ。ルームメイトと諍《いさか》いを起こして出て行く者や、出て行くところがなくてしかたなく互いに無視しあっている運の悪い者たちもあったが、リサは問題なかった。身に染み付いた、愛情と平穏を獲得するための戦いを続けていたので、ルームメイトともうまくやっていた。いや、それ以上だった。

リサは相変わらず控え目かつ快活だったが、母親を失くしたことに加え、四年前に友達をほぼ丸ごと失くした経験から、ときどきなにか諦めているような表情を見せることがあった。二十二歳の若さでは、そういう子はごく少なかった。実際にリサは、この女子寮もそのうち血祭りに上げられるのだろうと確信しているところがあった。すでに失われることが決まっているものに対するリサのさみしげで愛《いと》おしげな顔を、ルームメイトは至極気に入った。

「私、リサの顔が好き」とルームメイトは言った。ルームメイトは顎のきっぱりと締まったきれいな子で、ショートパンツから露出した太ももは滑らかだった。世の中には私の顔なんかより、ルームメイトの顔を好む人のほうがずっと多いだろうに、とリサは思った。

でも、リサのルームメイトは本気でリサの顔が好きで、顔どころかほかの箇所も好きなのだった。ある夜、ルームメイトがベッドにもぐりこんできたことで、ようやく気付いた。ルームメイトはじっとリサの目を見つめて、唇をちょっとだけ触れ合わせ、またじっとリサの目を見つめた。

寮はいちおう男子禁制だったけど、寮内には昼夜を問わずいつも男が複数いた。だいたいの寮生には恋人がいて、誰にもはばかることなく堂々と恋人を呼ぶからだ。リサも呼んだことがあったし、リサのルームメイトもあった。そういうとき、ほかの寮生たちがやっているように、彼女らは恋人を呼んだほうに部屋を明け渡し、もう一方は寮の別の部屋で過ごすことにしていた。ルームメイトの恋人は、いつだって男だった。

「だから？」とルームメイトが静かに尋ねた。だって私は娘を産むのに、とリサは小さな声で言った。これじゃ困る。そうだ、三十歳ぐらいで娘を守って死ぬには、もうそろそろ産まなくちゃいけないのに。リサは、青ざめた。ルームメイトは楽しそうに笑った。

「私、あんたのそういうところも好き」と言って、彼女はリサを抱きしめた。リサも、手の置きどころがなくてルームメイトの背に手をやった。ルームメイトの肩甲骨は小さくて、強くつかむと砕けるような気がした。ルームメイトとリサはほぼ同じ体格をしていたけれど、ルームメイトを抱きしめていると小さい子どもを抱きしめているみたいだった。

けれどもちろん、連続殺人鬼は現れる。前のとはちがう連続殺人鬼だ。もっとも、連続殺人鬼というのはどれもこれも似通っていて、容貌《ようぼう》に大差はないし、やることも決まり切っている。前のと同じ連続殺人鬼であると見なしても、たいして不都合はない。連続殺人鬼はどこにでもいて、誰でもいいから殺す。リサのことなんか知らない。連続殺人鬼は全犠牲者のものであって、リサひとりのものではない。それどころか、リサが犠牲者とならないのなら、連続殺人鬼はリサのものですらない。

リサとルームメイトは手に手を取って寮内を逃げ回る。連続殺人鬼は正面入り口から入って来て、一階からしらみつぶしに寮生やその恋人たちを素早く殺し、上の階へと進む。リサたちは追いつめられて上へ上へと逃げる。連続殺人鬼は血でぬめる廊下をものともせずにやってくる。連続殺人鬼はもうずいぶん大勢殺しているのに、疲れる気配もない。それは連続殺人鬼の特徴のひとつでもある。連続殺人鬼は、ものすごく体力があるのだ。死そのもののように。

屋上で、ルームメイトは先が折れて尖《とが》ったモップの柄で貫かれる。リサは、彼女の胸の真ん中から血にまみれたモップの柄が突き出ているのを見る。ルームメイトの「ずっといっしょにいてあげられなくてごめんね」と言った口から、どろどろした赤黒い血が溢《あふ》れ出る。リサは嗚咽《おえつ》をこらえながら走り、立ち並ぶ給水タンクと室外機の陰に隠れ、見つかっては逃げ、最終的には不用意に屋上の際に立った連続殺人鬼に体当たりする。リサは、連続殺人鬼もろとも寮の屋上から落ちる。

落ちながら、これをルームメイトが生きているうちにできたのならよかったのに、と思う。それだったら、娘じゃないけど、恋人を守って死ねたのに。愛のために死ぬといった意味合いでは、娘でも恋人でもそう価値は変わるまい。

しかし、リサは死なない。落ちているあいだじゅう、連続殺人鬼の襟首をしっかりつかみ、胸に頬を押し付けていたのがよかった。地面に着いたとき、リサは自分の体の下で連続殺人鬼の全身の骨が砕けるのをはっきりと感じる。連続殺人鬼の頑丈な肉体がクッションとなったので、リサは奇跡的にも肋骨《ろっこつ》を三本折り、左の腓骨《ひこつ》にひびが入っただけで済む。寮にいた者で生き残ったのは、リサただひとりだ。

三十歳になったリサに、まだ子どもはいない。リサは結婚していて、IT企業に勤めている。不倫もしている。上司が彼女の恋人だ。上司も既婚者で、子どもは三人もいる。ちなみに、リサの配偶者と愛人は、どちらも男性だ。

彼女の人生は白紙に戻った。いまやリサはなんのために生きているのかわからないが、それでもまだ戦い続けている。生きていると楽しいこともそれなりにあるし、自分から死ぬのではそれこそなんのためにこれまで戦ってきたのかわからないから、生き続けている。

彼女の会社は都心のオフィス街にある高層ビルの上層階だ。そのビルにはさまざまな会社が入っていて、日中は人がぎっしり詰まって働いている。リサは毎日、エレベーターで大勢と乗り合わせる。名前も素性も知らないが顔見知りとなった人は幾人もいるし、まったく知らない人もいる。このなかに、連続殺人鬼がいないとも限らない、とリサは思う。夜になると、勤め人のほとんどは帰っていく。ビルには、各階に残業をする者がほんの少数残り、あとは一階の警備室に夜警がふたりいるだけだ。殺人をするにはもってこいの環境よね、とリサは思う。

三十歳になってから、リサはしょっちゅう母親のことを思い出す。自分が三十歳になってみて、あのときの母親はやはりもっと年上だったのではないかと思うが、数年前に取り寄せた戸籍によると母親が死亡したときの年齢は三十三歳だった。

リサは鏡を見る。リサは母親の写真を持っている。死ぬ一年ほど前の写真だ。リサも写っている。母親は曖昧《あいまい》に笑い、リサは笑おうとして強《こわ》ばっている。母親はリサの両肩をつかみ、前へ押しやろうとしているようにも見えるし、どこにも行かせまいとしているようにも見える。三十二歳の母親の顔は、三十歳のリサの顔とよく似ている。

だが、記憶にある母親は、写真よりもずっと美人だ。特に死の直前、娘を守って死ぬことを覚悟した母親の、緊張しながらも晴れ晴れとした顔。あのとき、母親にとって、とつぜん人生が単純で明快になったのだ。

リサは、自分が連続殺人鬼を待ち望んでいることを認める。おそらく連続殺人鬼だけが日々の緩慢な戦いからリサを救い出してくれるし、公明正大な終わりをくれる。

ある夜、リサは残業をしている。上司もいる。仕事が一段落したところで、上司はリサを個室に誘う。リサは応じる。断ったことはない。こんなことは、もう何度でもやっている。リサは、上司の机に腰掛ける。上司はリサの首にキスをして、リサのカーディガンを脱がせる。リサの勘と経験によれば、これはかなり連続殺人鬼に襲われやすい状況だ。そして、ついに連続殺人鬼が出現する。

上司は首を切断される。その血をたっぷり浴びて、リサは走る。倒れかかってきた上司のスーツをまさぐってキーケースを奪うことはできたが、自分のバッグや携帯電話をつかむ暇はなかった。階下では、別の会社で残業していた者たちが首を折られ、腹を刺され、壁に頭を打ち付けられ、エレベーターのドアに体を挟まれるなどして死んでいる。ふたりの夜警はどちらも首を絞められて死んでいる。リサは生き延びた人々を見つけ、固まり、少しずつ人数を増やし、協力しあうが、連続殺人鬼は着々と堅実に仕事を片付けていく。固定電話はつながらず、ネット回線は落ち、誰かの持っていた携帯電話はしょっちゅう圏外だ。地下の駐車場にたどりついたときには、リサはとうとうひとりきりになっている。リサは上司のBMWを発進させ、連続殺人鬼を撥《は》ねる。連続殺人鬼の巨体はボンネットに乗り上げ、フロントガラスにぶつかって地面に落ちる。リサはその巨体をもう一度じっくりと轢《ひ》く。タイヤが連続殺人鬼の体を通り過ぎると、リサは少し待つ。血と汗にまみれ、呼吸を荒くし、バックミラーを凝視する。連続殺人鬼がほんとうに死んだかどうかを確かめなければならない。リサは車から下りて確認するべきか迷う。すると、バックミラーに、額を押さえ、ふらつきながら立ち上がろうとする連続殺人鬼が映る。リサは力の限りアクセルを踏んでうしろに急発進し、再び連続殺人鬼を撥ね飛ばす。そのあと、何度でも彼女は同じことを繰り返す。通報を受けた警察がたどりつくまで、リサは前進し、後退し、連続殺人鬼を轢き続ける。

たったひとりの生存者として救出され、リサは病院へ運ばれる。そこで、妊娠が判明する。上司の子どもだ。さいごに向けての急展開だ、とリサは思う。ああ、やっと。上司は死んだし、そもそも不倫の間柄だったが、リサに産まないという発想はない。リサは離婚し、健康に妊娠を継続し、無事出産する。娘だった。リサにしてみれば当然のことだが。

リサは娘のために生きる。連続殺人鬼ほどではないにしても、娘はリサの人生を単純化し、明快にした。リサはシングルマザーとして必死に働き、娘を育てる。養父母は相次いで亡くなる。公的な機関以外誰に助けられることもなく、リサは生活を推し進めていく。娘は育つ。リサの母親が死んだとき、リサは十歳だった。たったの十年でこの子と別れるなんてとても耐えられない。リサはたまに、娘に隠れて泣く。娘の十歳の誕生日が近付いて来ると、リサはわくわくするような、娘にすがりついて祈りたいような気分になる。誕生日プレゼントはなにがいい？　なんでも買ってあげる、とリサは娘に言う。

「うそ」娘は丸い頬でリサをにらむ。「いつもそんなこと言わないのに」

それでも娘は、フルートとゲーム機と口紅をねだる。リサは娘にオカリナとケーキを買う。娘はがっかりするが、オカリナはそこそこ気に入って、ぽぉっ、ぽぉっ、と吹き鳴らす。

リサは寝る前に腕立て伏せと腹筋を十回ずつやる。もうじき連続殺人鬼が来るからだ。連続殺人鬼と戦うための体力作りをしなくてはならない。家のあちこちに、小さなナイフを隠す。ちょうどいい太さの縄も隠す。握力だけで連続殺人鬼の喉《のど》を潰《つぶ》すのは困難だが、縄さえあれば絞め殺すことができるかもしれないからだ。鍋《なべ》やミキサーや通勤用のピンヒールにもさりげなく視線をやり、それらが武器としてどのように役に立つかシミュレーションする。

しかし、ナイフや縄が埃《ほこり》をかぶっても、連続殺人鬼は来ない。リサの娘はなにごともなく十一歳になる。リサは警戒を怠らず、腕立て伏せと腹筋を習慣づけている。だが、一度当てが外れると、継続は困難だ。リサの娘が十二歳になるころには、週に一度ほど、思い出したときにしかやらなくなっている。リサの娘は十三歳になり、十四歳になり、さらに時間が経って十七歳になる。リサの娘は、リサよりもかつて恋人であった寮のルームメイトのほうにタイプが似てきたようだ。ショートパンツを穿《は》いた滑らかな太ももは、血管が透けて見えなくなるくらいに日焼けしている。リサの娘は、率先して楽しいことをはじめ、はしゃぎまわる。森の丸太小屋へキャンプへ行くことを計画したのも、リサの娘だった。

リサは不安にかられ、絶対に行ってはいけないと言い聞かせる。

「連続殺人鬼？　だっさい。そんなの来るわけないじゃん」と娘はすねる。リサと娘は大げんかし、娘が折れる。娘は、キャンプへは行かないと約束する。けれど、リサが出張で家を空けた隙に計画は決行される。

リサは出張先から毎晩娘に電話をする。娘はこっそりと家の固定電話を自分の携帯電話に転送するよう設定しており、はじめの二日ほど、リサはすっかりだまされる。

娘はひとりでおとなしく自宅にいるものだと思う。三日目に、嘘が露見する。声の微妙な遠さ、娘のうしろで騒ぐ子どもたちの声、その響き方、なんとか一部把握することができた内容から、娘が家にいないことを知る。リサは出張の予定を切り上げ、大急ぎで帰宅する。すると、娘はけろっとしてもう帰っている。なにもなかったよ、楽しかった、と娘は言う。リサは涙を流して喜び、そのいっぽうで釈然としない。

リサの娘は成長する。自宅から通える範囲の大学へ進学し、就職し、結婚し、子どもを産む。男の子だった。リサの娘の人生には連続殺人鬼はやってこない。娘が出て行ったので、リサは一人暮らしをし、定年を迎えて退職する。しばらくは養父母の残した財産と年金と貯金でそのまま一人暮らしを続け、あるとき、リサは娘から老人養護施設に行くよう懇願される。それで、リサにはわかる。自分が一生涯戦いを続けなければならないということが。

リサは娘のすすめるとおりにする。リサは少し足が不自由になっている。大袈裟《おおげさ》だというのに杖《つえ》を取り上げられ、車椅子で施設に送られる。リサは到着するなり杖を取り返す。まず建物の非常口を確認し、何部屋が用意されていて何部屋が使われているのかを調べる。

リサは個室を与えられているので、誰にも見とがめられることなく足踏みをする。

膝《ひざ》をへその高さまで上げ、ゆっくりと下ろすやり方だ。食事についてきたバターナイフを数本、なくしたふりをして失敬する。フォークも盗む。スプーンは返す。スプーンじゃ眼球をえぐるくらいしかできない。

そう、彼女は準備している。だって連続殺人鬼は若者ばかり襲うわけじゃないから。そりゃあ若くて元気な若者のほうがいいに決まってるけれど、いつもありつけるとは限らない。まとまった数の老人で満足しなきゃいけないこともある。

リサは、自分がいつ死ぬのか、いつ死ぬべきなのかわからない。ただ、目の前にある、やるべきことをやるだけだ。彼女は日常を冷静に戦い続け、うねりを打ってやってくる連続殺人鬼との戦いを待つ。リサは、自分がいつまで生き残るのか、果たしてまだ生き残っていくべきなのかわからないが、気にもかけない。連続殺人鬼が現れたら全力で戦う。現れなくったって、これまでずっと、リサは全力で戦ってきたし、生き残ってきたのだ。

リサは血のにおいを嗅《か》ぐ。嗅ぎ慣れた懐かしいにおいだ。補聴器を通して、悲鳴も聴く。老人たちと、それから若くてかわいいナースたちの悲鳴、怒号、呻《うめ》き声。この老人養護施設の唯一の生き残りとなるために、リサは車椅子から立ち上がる。

解説

村田《むらた》　沙耶香《さやか》

私たちには、本当はもう一つの私たちの人生があるのではないか、とふと思うことがある。

例えば、小さいころ、夕ご飯の時間にテレビを点《つ》けたら映画をやっていたときのこと。激しいアクションシーンに母が顔をしかめて、「チャンネルを変えましょうよ」と言うけれど、兄が「これがいい！」と主張して、私たちはハンバーグを食べながら、意識の半分をテレビの中に置いたまま夕食を食べる。

サラダのトマトを残した私に「好き嫌いはだめよ」と注意する母の隣で、絶叫が聞こえ、画面の中では主人公の友達が惨殺されており、兄が「すげえ！」と歓声をあげる。

そんなとき、私たちはどこにいるのだろうか。私たちは本当に「テレビを観ながらハンバーグを食べている」のだろうか。たとえ事実関係がそうでも、精神は違う体験をしているのではないか。そのことを、私たちは「でも、事実は、ダイニングテーブルに座ってハンバーグを食べていたじゃないか。それ以上のことは何も起きてなんかいないんだ」と無理矢理に整理整頓《せいとん》してしまっているのではないだろうか。

この『ファイナルガール』という短編集は、あらすじだけ聞くととても奇妙な物語ばかりに思える。けれど一番奇妙なのは、これを読んだ時の私自身の感覚なのだ。どの物語を読んでも、「ああ、そうだった」と自分の深い部分が納得している。不思議だけれど、知っている。とても変な世界なのに、的確な言葉で内面を突かれている。ある意味では、私たちが「事実」として並べたてているものより、「真実」に近い感覚を与えてくれる物語なのだ。

理屈ではなく、精神がこの感覚を知っている。この本を読みながら、私は何度もそういう感情に襲われた。

例をあげればきりがない。「大自然」の不思議な空間の中で主人公が思う、「あ、うそ、きもちわる、」を、自分も心の中で呟いたことがあるような気がする。「去勢」のストーカーが鳴らすのとそっくりな音で自分の携帯電話が鳴るのを、なぜだか聞いたことがあるように思える。

「プファイフェンベルガー」の映画を観たことがない人なんているのだろうか。私より映画に詳しい友達がプファイフェンベルガーの事をよく馬鹿にしていたのを鮮明に思いだしてしまい腹が立つ。「プレゼント」に出てくるナツミのような女がすごく側にいた経験が、自分にもあるような気がしてならず、彼女と本の中で再会してしまった不気味さに震える。

「狼」が訪ねてくるかもしれない家で、私は子供の頃何度も留守番をしていたし、今でもたまにドアの向こうから狼の気配を感じることがある。「戦争」に出てくる「ハリー&レニーシリーズ」を自分も愛読していたことを思い出す。サイモンについてこんなに想ってくれる主人公に感情移入し、懐かしくて涙が出そうだ。「ファイナルガール」のリサが生き残ったシーンをニュースで何度も見たことがある気がするし、一方でリサのように殺人鬼と戦った記憶が、自分にもあるようにも感じられる。

この説明だけを読むと、「さっぱり意味がわからない」と思うかもしれない。けれど、小説を読めば、きっと、自分の精神がこれらを「体験」したことがあることを思い出せるのではないかと思う。

この本の中に収められている物語は、奇妙なものばかりなのに、どこにも嘘がない。

真実なのだ。

「事実」という名目で整理整頓されて、人生から零《こぼ》れ落ちてしまっていた、精神が感じ取ってきた「本当の体験」を、私たちはこの本の中の物語によって再び思いだすことが出来る。それこそが、何より奇妙な奇跡のように感じられる。

思いもよらない方向から記憶にアクセスされて、最初は戸惑うが、次第に病みつきになる。もっと殺して欲しいし、もっと追いかけて欲しいし、もっと怖い場所へ連れて行かれたい。そして、加速しながら予想以上の場所へと連れて行ってくれる展開に、歓喜してしまう。

この物語の主人公たちは、とてもシンプルだ。狼を倒すために戦い、殺人鬼が襲って来れば戦って生き延びるし、サイモンの死が悲しければいつまでも泣いている。敵のような存在だって、特に理由はなくただ襲ってくる。それが心地よい。人間の記憶をとことん正直に解剖すると、こんな物語が発生するのではないか、と思わせる説得力がある。

それは、この物語に、きちんと細部があるせいもあるかもしれない。予想外の設定に仰天しても、加速していく物語に引き摺《ず》られても、ふとした場面にある細部の描写によって、細胞が物語を理解する。言葉に真実が宿っている。

この、とても正直で、それゆえに奇妙で、私たちが取りこぼしてきた記憶を揺さぶってくれる物語を、私はとても愛《いと》おしく思っている。解説でも、書評でもおそらく使ったことがない言葉のような気がするが、私はこの本が「大好き」だ。作家が小説を褒めるには少し恥ずかしいくらい正直な言葉だが、この物語に出てくる正直な主人公たちのようにシンプルに、自分も感情を言葉にしてみたいと思う。

普段は、「現実」や「事実」を重視している人々によって押しやられている、それでも私の精神が確実に体験してきた大切な感覚を呼び起こしてくれるこの本が、私は「大好き」だ。こんなに読者をシンプルにさせてくれる物語は、滅多にないのではないかと思う。

風変わりに見えて、とても信頼できるこの本を読み終えた人と、プファイフェンベルガーの映画についてたくさん話したいし、襲ってきた殺人鬼について話し合いたい。事実にまみれた私たちの精神を、すっきりと純粋に解き放ってくれるこの物語に、私はずっと感謝し続けていて、繰り返しページを捲《めく》っている。

本書は、二〇一四年四月に扶桑社より単行本として刊行されました。

ファイナルガール

藤《ふじ》野《の》可《か》織《おり》

平成29年 1月25日　初版発行
令和6年 9月20日　4版発行

発行者●山下直久

発行●株式会社KADOKAWA
〒102-8177　東京都千代田区富士見2-13-3
電話　0570-002-301（ナビダイヤル）

角川文庫 20162

印刷所●株式会社KADOKAWA
製本所●株式会社KADOKAWA

表紙画●和田三造

●お問い合わせ
https://www.kadokawa.co.jp/（「お問い合わせ」へお進みください）
※内容によっては、お答えできない場合があります。
※サポートは日本国内のみとさせていただきます。
※Japanese text only

ISBN978-4-04-105074-3　C0193

◆◇◇

角川文庫発刊に際して

角川源義

第二次世界大戦の敗北は、軍事力の敗北であった以上に、私たちの若い文化力の敗退であった。私たちの文化が戦争に対して如何に無力であり、単なるあだ花に過ぎなかったかを、私たちは身を以て体験し痛感した。西洋近代文化の摂取にとって、明治以後八十年の歳月は決して短かすぎたとは言えない。にもかかわらず、近代文化の伝統を確立し、自由な批判と柔軟な良識に富む文化層として自らを形成することに私たちは失敗して来た。そしてこれは、各層への文化の普及滲透を任務とする出版人の責任でもあった。

一九四五年以来、私たちは再び振出しに戻り、第一歩から踏み出すことを余儀なくされた。これは大きな不幸ではあるが、反面、これまでの混沌・未熟・歪曲の中にあった我が国の文化に秩序と確たる基礎を齎らすためには絶好の機会でもある。角川書店は、このような祖国の文化的危機にあたり、微力をも顧みず再建の礎石たるべき抱負と決意とをもって出発したが、ここに創立以来の念願を果すべく角川文庫を発刊する。これまで刊行されたあらゆる全集叢書文庫類の長所と短所とを検討し、古今東西の不朽の典籍を、良心的編集のもとに、廉価に、そして書架にふさわしい美本として、多くのひとびとに提供しようとする。しかし私たちは徒らに百科全書的な知識のジレッタントを作ることを目的とせず、あくまで祖国の文化に秩序と再建への道を示し、この文庫を角川書店の栄ある事業として、今後永久に継続発展せしめ、学芸と教養との殿堂として大成せんことを期したい。多くの読書子の愛情ある忠言と支持とによって、この希望と抱負とを完遂せしめられんことを願う。

一九四九年五月三日

角川文庫ベストセラー

きみが住む星　池澤夏樹　写真／エルンスト・ハース

成層圏の空を見たとき、ぼくはこの星が好きだと思った。ここがきみが住む星だから。他の星にはきみがいない。鮮やかな異国の風景、出逢った愉快な人々、恋人に伝えたい想いを、絵はがきの形で。

キップをなくして　池澤夏樹

駅から出ようとしたイタルは、キップがないことに気が付いた。キップがない！「キップをなくしたら、駅から出られないんだよ」。女の子に連れられて、東京駅の地下で暮らすことになったイタルは。

星に降る雪　池澤夏樹

男は雪山に暮らし、地下の天文台から星を見ている。死んだ親友の恋人は訊ねる、何を待っているのか、と。岐阜、クレタ。「向こう側」に憑かれた2人の男。生と死のはざま、超越体験を巡る2つの物語。

言葉の流星群　池澤夏樹

残された膨大なテクストを丁寧に、透徹した目で読み進むうちに見えてくる賢治の生の姿。突然のヨーロッパ志向、仏教的な自己犠牲など、わかりにくいとされる賢治の詩を、詩人の目で読み解く。

スモールトーク　絲山秋子

ゆうこのもとをかつての男が訪れる。久しぶりの再会になんの感慨も湧かないゆうこだが、男の乗ってきたクルマに目を奪われてしまう。以来、男は毎回エキゾチックなクルマで現れるのだが——。珠玉の七篇。

角川文庫ベストセラー

ニート　絲山秋子

どうでもいいって言ったら、この世の中本当に何もかもどうでもいいわけで、それがキミの思想そのものでもあった――（「ニート」）現代人の孤独と寂寥、人間関係の揺らぎを描き出す傑作短篇集。

泣く大人　江國香織

夫、愛犬、男友達、旅、本にまつわる思い……刻一刻と姿を変える、さざなみのような日々の生活の積み重ねを、簡潔な洗練を重ねた文章で綴る。大人がほっとできるような、上質のエッセイ集。

はだかんぼうたち　江國香織

9歳年下の鯖崎と付き合う桃。母の和枝を急に亡くした、桃の親友の響子。桃がいながらも響子に接近する鯖崎……〝誰かを求める〟思いにあまりに素直な男女たち＝〝はだかんぼうたち〟のたどり着く地とは――。

アンネ・フランクの記憶　小川洋子

十代のはじめ『アンネの日記』に心ゆさぶられ、作家への道を志した小川洋子が、アンネの心の内側にふれ、極限におかれた人間の葛藤、尊厳、信頼、愛の形を浮き彫りにした感動のノンフィクション。

刺繡する少女　小川洋子

寄生虫図鑑を前に、捨てたドレスの中に、ホスピスの一室に、もう一人の私が立っている――。記憶の奥深くにささった小さな棘から始まる、震えるほどに美しい愛の物語。

角川文庫ベストセラー

偶然の祝福　小川洋子

見覚えのない弟にとりつかれてしまう女性作家、夫への不信がぬぐえない妻と幼子、失踪者についつい引き込まれていく私……心に小さな空洞を抱える私たちの、愛と再生の物語。

夜明けの縁をさ迷う人々　小川洋子

静かで硬質な筆致のなかに、冴え冴えとした官能性やフェティシズム、そして深い喪失感がただよう――。小川洋子の粋がつまった粒ぞろいの佳品を収録する極上のナイン・ストーリーズ！

愛がなんだ　角田光代

OLのテルコはマモちゃんにベタ惚れだ。彼から電話があれば仕事中に長電話、デートとなれば即退社。全てがマモちゃん最優先で会社もクビ寸前。濃密な筆致で綴られる、全力疾走片思い小説。

いつも旅のなか　角田光代

ロシアの国境で居丈高な巨人職員に怒鳴られながら激しい尿意に耐え、キューバでは命そのもののように人々にしみこんだ音楽とリズムに驚く。五感と思考をフル活動させ、世界中を歩き回る旅の記録。

薄闇シルエット　角田光代

「結婚してやる」と恋人に得意げに言われ、ハナは反発する。結婚を「幸せ」と信じにくいが、自分なりの何かも見つからず、もう37歳。そんな自分に苛立ち、戸惑うが……ひたむきに生きる女性の心情を描く。

角川文庫ベストセラー

西荻窪キネマ銀光座　角田光代　三好銀

ちっぽけな町の古びた映画館。私は逃亡するみたいに座席のシートに潜り込んで、大きなスクリーンに映し出される物語に夢中になる——名作映画に寄せた想いを三好銀の漫画とともに綴る極上映画エッセイ！

幾千の夜、昨日の月　角田光代

初めて足を踏み入れた異国の日暮れ、終電後恋人にひと目逢おうと飛ばすタクシー、消灯後の母の病室……夜は私に思い出させる。自分が何も持っていなくて、ひとりぼっちであることを。追憶の名随筆。

TRIP TRAP《トリップ・トラップ》　金原ひとみ

ハワイ、パリ、江ノ島……6つの旅で傷つきながら輝いていくマユ。凝縮された時と場所ゆえに浮かび上がる興奮と焦燥。終わりがあるゆえに迫って来る喜びと寂しさ。鋭利な筆致が女性の成長と旅立ちを描く。

ミュージック・ブレス・ユー!!　津村記久子

「音楽について考えることは将来について考えることよりずっと大事」な高校3年生のアザミ。進路は何一つ決まらない「ぐだぐだ」の日常を支えるのはパンクロックだった！　野間文芸新人賞受賞の話題作！

ふちなしのかがみ　辻村深月

冬也に一目惚れした加奈子は、恋の行方を知りたくて禁断の占いに手を出してしまう。鏡の前に蝋燭を並べ、向こうを見ると——子どもの頃、誰もが覗き込んだ異界への扉を、青春ミステリの旗手が鮮やかに描く。

角川文庫ベストセラー

男と女とのことは、何があっても不思議はない　林　真理子

「女のさようならは、命がけで言う。それは新しい自分を発見するための意地である」。恋愛、別れ、仕事、ファッション、ダイエット。林真理子作品に刻まれた宝石のような言葉を厳選、フレーズセレクション。

欲と収納　群ようこ

欲に流されれば、物あふれる。とかく収納はままならない。母の大量の着物、捨てられないテーブルの脚に、すぐ落下するスポンジ入れ。家の中には「収まらない」ものばかり。整理整頓エッセイ。

しっぽちゃん　群ようこ

拾った猫を飼い始め、会社や同僚に対する感情に変化が訪れた33歳OL。実家で、雑種を飼い始めた出戻り女性。爬虫類や虫が大好きな息子をもつ母。——しっぽを持つ生き物との日常を描いた短編小説集。

作家ソノミの甘くない生活　群ようこ

元気すぎる母にふりまわされながら、一人暮らしを続ける作家のソノミ。だが自分もいつまで家賃が払えるか心配になったり、おなじ本を3冊も買ってしまったり。老いの実感を、爽やかに綴った物語。

女たちは二度遊ぶ　吉田修一

何もしない女、だらしない女、気前のいい女、よく泣く女……人生の中で繰り返す、出会いと別れ。ときに苦く、哀しい現代の男女を実力派の著者がリアルに描く短編集。